U0946835

HERMES

在古希腊神话中，赫耳墨斯是宙斯和迈亚的儿子，奥林波斯神们的信使，道路与边界之神，睡眠与梦想之神，亡灵的引导者，演说者、商人、小偷、旅者和牧人的保护神……

西方传统　经典与解释　HERMES
Classici et Commentarii

古今丛编
Library of Ancient and Modern
刘小枫◉主编

欧洲中世纪诗学选译

Selected Translation of the Medieval European Poetics

宋旭红 | 编译

華夏出版社

古典教育基金·“传德”资助项目

“古今丛编”出版说明

自严复译泰西政法诸书至20世纪40年代，因应与西方政制相遇这一史无前例的重大事件，我国学界诸多有识之士孜孜以求西学堂奥，凭着个人禀赋和志趣奋力迻译西学典籍，翻译大家辈出。其时学界对西方思想统绪的认识刚刚起步，选择西学典籍难免带有相当的随意性和偶然性。1950年代后期，新中国政府规范西学典籍译业，整编40年代遗稿，统一制订选题计划，几十年来寸累铢积，至1980年代中期形成振裘挈领的“汉译世界学术名著”体系。尽管这套汉译名著的选题设计受到当时学界的教条主义限制，然开牖后学之功万不容没。80年代中期，新一代学人迫切感到必须重新通盘考虑“西学名著”翻译清单，首创“现代西方学术文库”系列。这一学术战略虽然是从再认识西学现代典籍入手，但实际上有其长远考虑，即梳理西学传统流变，逐步重建西方思想汉译典籍系统，若非因历史偶然而中断，势必向古典西学方向推进。正如科学不等于技术，思想也不等于科学。无论学界迻译了多少新兴学科，仍与清末以来汉语思想致力认识西方思想大传统这一未竟前业不大相干。

“五四”新文化运动以来，学界侈谈所谓西方文化，实际谈的仅是西方现代文化——自文艺复兴以来形成的现代学术传统，尤其是近代西方民族国家兴起后出现的若干强势国家所代表的“技术文明”，并未涉及西方古学。对西方学术传统中所隐含的古今分裂或古今之争，我国学界迄今未予重视。中国学术传统不绝若线，“国学”与包含古今分裂的“西学”实不可对举，但“国学”与“西学”对举，已经成为我们的习惯——即“五四”新文化运动培育起来的现代学术习性：凭据西方现代学术讨伐中国学术传统，无异于挥舞西学断剑切割自家血脉。透过中西之争看到古今之争，进而把古今之争视为现代文教问题的关键，于庚续清末以来我国学界理解西方传统的未竟之业，无疑具有重大的现实意义和历史意义。

本丛编以标举西学古今之别为纲，为学界拓展西学研究视域尽绵薄之力。

古典文明研究工作坊

西方经典编译部甲组

2010 年 7 月

目　录

代序:何为“中世纪”的“诗学”?

“欧洲中世纪诗学”或许会引人质疑,这既是因为“中世纪”本身的某种含混,也是因为“诗学”在“中世纪”的独特意味。如何从不同的历史划分中辨识“中世纪”?如何在神学一统天下的中世纪理解“诗学”?宋旭红教授编译这本书,再次提出了这样的问题。

通常认为“中世纪”之说来自意大利人文主义思想家,用以区分文艺复兴和此前的封闭时代。比如彼得拉克(Petrarch)就称之为“黑暗时代”(Dark Ages),后人则多用“中间时代”(Medieval Times)来描述这个“并非一个世纪”的历史阶段(not a century ... but a series of centuries),从而“中”的涵义愈发凸显。后来基督教新教的思想家也沿用这一概念,表示自己才与真正的信仰传统直接相连,而宗教改革之前只是“过渡性的”。

但是如果细加追究,这些说法其实都源于中世纪神学家德尔图良(Tertullian):“德尔图良特别强调未来的圣灵的国度,因而认为现在是罪恶和平庸的中间时代(*tempus medium*),由此他首创了‘中世纪’这个历史观念。”[①]德尔图良的意思是说:人类来自一个完满的世界,最后还要过渡到一个完满的世界,不完满的现世只能算是“过

① 希尔,《欧洲思想史》,赵复三译,香港:香港中文大学出版社,2003,页9。

渡期”。此言之所出，尚在罗马帝国的鼎盛时期，亦是罗马文学的黄金时代；可见这一“过渡期”的“中间”并非以古希腊罗马和文艺复兴的“两个高峰”作为参照，却是中世纪神学家对“此世”的界说。因而“中世纪”之说所暗示的，本来是一种“彼岸”意识，其他则应该是后世的引申。

另一方面，“中世纪”也未必能作为准确的时间概念。比如奥古斯丁(354—430)虽然经历了罗马帝国的东西分治，却离西罗马帝国的衰亡尚有数十年，因此将其归入古罗马时代好像并没有错。那么，为什么西方的相关研究总是以奥古斯丁和托马斯·阿奎那作为最重要的中世纪思想家？况且被纳入“中世纪”的“古人”远不止奥古斯丁一位。比如比尔兹利(Monroe C. Beardsley)《美学史：从柏拉图到当代》一书，“中世纪”一章分设奥古斯丁、托马斯·阿奎那、阐释理论三节，其中的“寓意批评”上起德尔图良(150—230)、奥利金(185—251)、波伊提乌(480—524)、埃里金纳(810—880)，下至圣维克多的雨果(1096—1141)和但丁(1265—1321)，乃至“中世纪”一脉绵延千年。① 本书所选的文献同样如此。

在我有限的阅读中，大约在1970年代才有研究者论及最为关键的问题，即：民族国家(nation state)的观念已经成为现代文学研究的基本坐标，中世纪的文学却与这种以民族为主体的文化模式明显不同；“中世纪文学是国际的，而不是国族的(Medieval Literature is international, not national)。”因此正如本书“译序”所引：“关于中世纪的文学批评，目前还没有权威著作。”

---

① Monroe C. Beardsley, *Aesthetics: From Classical Greece to the Present, A Short History*, 中英文对照版(高建平译)，北京：高等教育出版社，2018，页139、169－175。

《欧洲中世纪诗学选译》所收文献,曾被西方学者整理为英文,但是据说出版这些材料的机构后来居然倒闭了。“中世纪诗学”之难,或可由此体会。从现代人的角度看,中世纪诗学当然带有“过渡性”的意味;抛开某些神学的演绎,其中似乎大都是对古代学说的归纳甚至重复,未必有多少诗学本身的价值。比如本书所选的八篇文献,戏剧、喜剧、诗艺、柏拉图、亚里士多德、维吉尔等等都不是新鲜的主题,尽管这些文字可能如宋旭红教授在“译序”中所说“打破了中世纪必属基督教的刻板印象”,又如何才成其为“中世纪诗学”呢?

除去承上启下等一般性评价之外,通过承接(或者摹仿)古代诗学,又在文艺复兴以及后世得到延展,真正有意味的思想链条也许必须还原于独特的历史语境和文化形态;由此才能从“创造”“寓意”“类比”“象征”“符号”等强烈的兴趣及其暗示中理解欧洲中世纪的诗学观念和艺术实践。在这样的意义上,“中世纪”所对应的并非时间意义上的希腊—罗马,而是文化形态意义上的“古典”;就此区别“中世纪的”(medieval)与“古典的”(classical),则必然着眼于不同的文化观念(cultural perspective)。

就此而言,西方学界的许多研究并不尽如人意。比如1952年出版的《英语文学批评:中世纪时期》(*English Literary Criticism: The Medieval Phase*, by I. W. H. Atkins),仅限于英语文献而难以贯通线索;1969年出版的《中世纪美学》英译本(*The Esthetics of the Middle Ages*, by Edgar de Bruyne),仅限于建筑、雕塑、音乐、绘画而文学研究则付之阙如;1963年还出版过分析中世纪诗歌词语结构的《文体学》(*Stylistics*, by Hans Glunz),更早的则有1928年出版的《中世纪修辞学与诗学》(*Medieval Rhetoric and Poetics*, by C. S. Baldwin),

但是对中世纪诗学的核心似乎都欠恰当的把握。① 本书“译序”中提及的赛尔登(Raman Selden)和亚当斯(Hazard Adams)关于文学批评的两部大书,亦复如是。

艾柯(Umberto Eco)对中世纪研究着力颇深,在他看来,关于“中世纪诗学”的误解从鲍姆加登(Baumgarten)“感性知识的科学”、克罗齐(Benedetto Croce)“情感的抒情性直觉”开始便已注定;有如克罗齐的断言:“托马斯·阿奎那关于艺术和美的观念……是极端宽泛的,……无论对于整个中世纪还是对于托马斯·阿奎那,美学问题都不是真正的兴趣所在。”艾柯认为“这一判断足以断送关于中世纪美学的任何研究”,然而“如果换一种思路,让美学指向关涉到美的全部问题领域”,那么“只需要用哲学的方式阅读神学”,便可以“解开其间的纠缠”,重新发现和理解中世纪。②

进而言之,“欧洲中世纪诗学”之提出,本身就是一个有趣的问题。本书不选奥古斯丁、托马斯·阿奎那等最为典型的神学家,而是力图更多反映中世纪宗教色彩与世俗论题的融通;然而象征着正统和“尼西亚信经”的阿塔纳修(Athanasius of Alexandria)绝非普通的信仰者,一旦由他论及《诗篇》的阐释,“讽谕”和“释经”便必定成为一体之两面。

印度学学者波洛克(Sheldon Pollock)曾引用一句戏言:“一切宗教争端都起因于对语法的无知。”其由来则是著名的麦克斯·缪勒(Max Müller)对《梨俱吠陀》是否允许烧死寡妇的一个诗句的校勘,

---

① 参《中世纪欧洲文学研究文献述要》,见杨慧林、黄晋凯,《欧洲中世纪文学史》,南京:译林出版社,2001,页364-378。

② Umberto Eco, *The Aesthetics of Thomas Aquinas*, translated by Hugh Bredin, Cambridge: Harvard University Press, 1988, pp. 1-2.

以为“由一个无耻的祭司有意篡改的版本……应对成千上万无辜牺牲了的生命负直接责任”。可惜，“缪勒对这一段的解读和对这一刑罚的理解都错了”。①

宋旭红教授历经曲折编译此书，当是从“语法”的意义上止息“欧洲中世纪诗学”的争端，也是以扎实的文献重新检验习以为常的定论。

杨慧林

① 波洛克，《未来语文学？一个硬世界中的软科学之命运》，马洲洋译，见沈卫荣、姚霜主编，《何谓语文学：现代人文科学的方法和实践》，上海：上海古籍出版社，2021，页416－417。

译　序

自古希腊至今,一部西方诗学史已延绵两千余年。今日的我们可以通过众多史著、文选等来纵览这一历史。本书就是一本西方中世纪诗学文选。

中世纪在西方诗学或文论史上可谓最荒凉寂寥。大多数的文论或诗学通史对古希腊罗马和文艺复兴以来,特别是十八世纪以后的文艺理论、批评观点以及批评家群落如数家珍,并且大多能够相当完整而生动地绘制出各时代诗学理论发展态势的全景,但对于长达千年的中世纪却往往着墨极为有限,通常都是蜻蜓点水,一般列举出几个大家权作代表,比如圣奥古斯丁、托马斯·阿奎那或但丁、薄伽丘等。这一现象可谓中外皆然,1974 年出版的《中世纪文学批评:翻译与阐释》一书的编者曾在序言中抱怨说:

> 关于中世纪批评史目前尚无权威性著作,其原因首先在于学者们并不认为这一课题(指中世纪批评史)值得一做。很少有人去读中世纪诗歌,对于其后的批评理论,感兴趣的人更是寥寥无几。①

---

① *Medieval Literary Criticism*: *Translations and Interpretations*, edited by O. B. Hardison, Jr., Alex Preminger, Kevin Kerrane, Leon Golden, New York: Frederick Ungar Publishing Co., 1974. P. 3.

中世纪诗学果真无足轻重、乏善可陈吗？若从当代诗学观念角度来看，确实如此。这一点我们似可从中文读者比较熟悉的一部欧美文论选，即赛尔登（Raman Selden）主编的《文学批评理论——从柏拉图到现在》得到证实。这部文选虽有通史之名，但实际上该书依主题而非时代为序选文，而其所定文论主题当然都是当代人所识所好，因此在煌煌近百位入选者中，竟然仅有但丁一人可被列入中世纪。① 另一本在欧美使用率较高的经典文论选教材、由美国加利福尼亚大学亚当斯（Hazard Adams）选编的《柏拉图以来的批评理论》收录了自柏拉图至二十世纪七八十年代的一百多位思想家和理论家的作品，可谓体制宏大、群贤备至。然而在其中，中世纪阶段仅收有波爱修（Anicius Manlius Severinus Boethius）、阿奎那、但丁和薄伽丘四人共六篇文章。②

从历史角度来看，中世纪诗学就不容遗忘，正是在中世纪中晚期，伴随着亚里士多德主义重新为欧洲人所重，出现了数十种以"诗学"为名的《诗学》注本、仿作或新作，由是进一步奠定了亚里士多德《诗学》作为普遍意义上的文学理论、文学批评著作之原型或代表文本的地位，并直接影响到文艺复兴及其后的西方文论面貌。换言之，若不了解中世纪《诗学》的注本和仿作，我们就不能真正触摸到西方诗学思想起承转合的发展脉络。

当代人对中世纪诗学的陌生有着历史、文化甚或意识形态方面的合理性：习惯了以启蒙时代以来的现代世界观、知识体系和国别

---

① Raman Selden, *The Theory of Criticism: From Plato to Present*, Routledge, 1988.

② Hazard Adams, Leroy Searle, *Critical Theory Since Plato*（影印版），北京大学出版社，2006。

观念为基础讨论人文学科诸领域的人们,在面对中世纪诗学既相对贫乏,又笼罩着浓重的信仰氛围,且与众多相关领域长期纠缠不清的状况时,难免有格格不入之感;经受过尼采、弗洛伊德、罗兰·巴尔特和福柯、德里达等等思想洗礼的批评家们似乎也的确很难认为中世纪人关于文学的那点可怜的见解有何可资借鉴之处。然而,历史无法抹去,无论何等异样的过往都是今天的前世,都曾参与塑造了今天的模样;反之,无论何等不同的今天都可以回望过往,并且从对过往的重释中获得新的力量。

事实上,西方学界自二十世纪五十年代即已开始了对中世纪文学文化的系统研究,比如剑桥大学于 1954 年成立了"中世纪与文艺复兴文学"研究机构,由著名作家、文学批评家和中世纪专家 C. S. 路易斯(Clive Staples Lewis)担任主席,后者对中世纪文学的研究兴趣持续数十年,其著《中世纪和文艺复兴时期的文学研究》一书至今仍是该领域的经典之作。六十年代以后,苏联文艺批评家巴赫金的思想被重新发掘出来,他关于拉伯雷以及中世纪文学文化的一系列独特创见对二十世纪后半叶多种文学理论与批评思想产生过重要影响。七十年代,小哈迪逊博士(O. B. Hardison)和阿历克斯·普里敏戈尔(Alex Preminger)等人所编《中世纪文学批评:翻译与阐释》一书收录了若干篇中世纪批评的珍贵文献,其中多数属首次侈译为英文。该书还附有一篇长长的导论,对整个中世纪批评进行分期、分类概述,描绘出一幅线索清晰、特征鲜明的中世纪批评史画卷,十分难得。

从整体来看,中世纪诗学和批评文献在当代西方文学理论视野中所占比重仍然很小。不过更晚近的诗学史研究开始呈现出可喜的改观,如 1997 年由巴黎大学出版社出版、让·贝西埃(Jean Bessiere）等人主编的《诗学史》就将中世纪诗学单列一部，详细介绍了自古典主义晚期直至中世纪末欧洲诗学图景，特别是它将中世纪罗曼语族诸语种——包括拉丁语、法语、意大利语和西班牙语等——的诗学一一分章别论，对于我们了解欧洲中世纪诗学全貌大有助益。若能佐以相应的诗学文选，则堪为学界盛事。

自二十世纪七十年代以来，我国对欧洲中世纪诗学文献的译介与出版基本都是在通史类西方文论选的框架下进行的。在 1979 年由伍蠡甫等先生选编、上海译文出版社出版的《西方文论选》中收录有奥古斯丁、托马斯·阿奎那、但丁和薄伽丘四人的著作共六篇；但在 1985 年，由伍蠡甫、胡经之主编，北京大学出版社出版的《西方文艺理论名著选编》中，中世纪的诗学文献仅保留了奥古斯丁和但丁二人共三篇文章。这部文选分上中下三卷，篇幅宏富而译文精良，因而长期被众多国内高校用作西方文论课程辅助教材。正因其影响深远，它对中世纪诗学文献的削减更是令人遗憾，因为它势必加剧中文学界对这一领域的疏离。

除了文论选集，世纪之交前后还出现了几部西方美学文选，较有影响的有章安祺编订的《缪灵珠美学译文集》以及朱立元主编的《西方美学名著提要》等，但这两部著作都跳过了中世纪，只选了但丁的文章。值得欣喜的是，进入新世纪以来，中文学界开始了关于欧洲中世纪文学和诗学的专项研究，涌现出像《欧洲中世纪文学史》（黄晋凯、杨慧林著）和《欧洲中世纪诗学》（陆扬著）这样的高水准专著，中文读者因此得以较为全面地了解中世纪文学状况以及与之相关联的文学批评和诗学理论。

与此同时，这也意味着学界对中世纪欧洲诗学文献的了解与掌握程度大大提升，新的西方文论选本势必会大大扩展中世纪部分的数量与范围，比如2007年由高等教育出版社出版、孟庆枢、杨守森主编的《西方文论选》，除了选取人们比较熟悉的奥古斯丁和但丁，还增加了波爱修、安瑟伦（Anselmus）、高尼洛（Gaunilo）、托马斯·阿奎那和阿伯拉尔（Pierre Abélard）等人的作品，可谓空前丰富。

鉴于上述情形，本书编译者不揣浅陋，凭自己多年来从事与西方中世纪诗学相关的研究与教学工作所积攒下的一点微薄识见，选译（编）八篇文献辑成此书，以期为这一领域的工作稍尽绵力。

按成文年代来看，这八篇文献中的前四篇（《论戏剧》《论喜剧》《〈理想国〉中的难题：诗艺的性质》和《关于〈诗篇〉的阐释问题》）属古典主义晚期作品；《维吉尔作品的道德哲学注释》出自中世纪初期；《亚里士多德〈诗学〉注疏》和《新诗学》是中世纪盛期（十二至十三世纪）的作品；最后一篇则是我们较为熟悉的薄伽丘的《异教神谱》。据选译（编）者所见，除《异教神谱》外，其余七篇文献迄今没有中译本公开出版。

按作品内容及性质来看，前两篇戏剧论上承亚里士多德之余绪，是对古典戏剧史的简要描述和理论总结；三至七篇均属对古典作品的批评、阐释或仿写；最后一篇则是独辟蹊径的开创之作。它们所讨论的内容包含了诗艺的性质、特点、功用、体裁、风格、语言、修辞、批评的原则与标准、诗与哲学、神学和其他艺术的关系等等各种重要的诗学问题。最后，若按作者身份来看，除了两部戏剧论作者不详、阿威罗伊（Averroes）是伊斯兰哲学家以外，其他五位作者均是基督徒。

以上几方面特征缘于译者在选择文献时的一些考量。首先，尊重并沿用中世纪诗学史的传统，选文范围始于古典主义晚期，终于彼特拉克与薄伽丘时代。一般而言，欧洲文学史和文论史虽然沿用史学断代标准,但是由于中世纪诗学主要的批评模式、话语体系和研究范围都在很大程度上直接承继古典传统,古典主义晚期的一些诗学作品起到了承上启下的作用,以至于它们完全可以被纳入中世纪诗学的范畴。比如多纳图斯(Aelius Donatus)生活的时代尚未进入中世纪,但他却是中世纪人们最为熟悉和推崇的拉丁语法学权威,其作品在中世纪广为流传,因此《论喜剧》和长期被误认为由他所作的《论戏剧》自然可选;而但丁和薄伽丘虽然是意大利文艺复兴文学的先驱和代表人物,其作品闪耀着新时代的光辉,但其实他们生活在中世纪盛期,而他们的论题所针对的无一不是当时的那个时代,因此这些作品自然亦可列入中世纪。

其次,打破人们关于中世纪必属基督教的刻板印象,严格按照诗学自身的标准选择文献。如前所述,中文学界长期把奥古斯丁、托马斯·阿奎那的著作节选放入中世纪文论选集之中,这在很大程度上是因为此二人乃是中世纪基督教神学思想公认的代表性人物。二人著述极丰而影响极大,在他们所建立的神学世界观体系中虽然不乏与文学艺术相关的重要见解,但这些见解更接近宏观的美学原则,而非自觉的、独立成篇的诗学作品。因此之故,本文集未选择他们的著述,而是选译了阿塔纳修斯(Athanasius of Alexandria)、富尔根蒂尤(Fabius Planciades Fulgentius)和温索夫的杰弗里(Geffrey of Vinsauf)这些基督徒作者以及对中世纪后期经院主义思想影响至深的阿拉伯亚里士多德主义者阿威罗伊的诗学名篇。

第三,选文力图在文章主题、批评模式、思想倾向等方面做到多元化,以期反映出中世纪诗学主要的类型、特征和风貌:既有普遍意义上的诗或文学问题的探讨,也有关于某种特定文类的研究;既有对古典作品的重释,也有对全新诗学问题的开拓;既有浓厚的基督教色彩，又不乏来自世俗批评的真知灼见。

当然，上述只是选译者的良好愿望。囿于选译者十分有限的研究视野、翻译能力以及时间精力等方面的限制，这区区数篇万难映照中世纪诗学之全貌。倘能收以斑窥豹之效则已令人足感欣慰了。

为方便读者理解，本书在每篇译文前附有简短导语，用以介绍作者、提要作品、评述其历史影响等，并给出中译参考底本。鉴于译者学养及语言能力有限，本书的翻译想必多有谬误之处，在此恳望识者谅解批评。

宋旭红

2018 年 3 月于北京

论戏剧

埃文蒂乌斯(Evanthius)

[**编译者按**]戏剧理论堪称西方文学理论和文学批评史上最为源远流长的传统,因为一方面,被誉为西方文艺理论第一部专著的亚里士多德《诗学》,其主体内容即关于悲剧的理论;另一方面,戏剧理论自文艺复兴至今又不断推陈出新,先后出现了新古典主义、启蒙主义、现实主义和现代主义等旨趣各异的理论体系。然而,在漫长的罗马古典时代以及中世纪,载于史册的戏剧理论犹如凤毛麟角,而能为中文学界所周知者更是寥寥。

埃文蒂乌斯生平不详,我们只知道他是古罗马的一位语法学家,新喜剧代表人物泰伦斯(Publius Terentius Afer, 195/185—159 B. C.)作品的重要注家,其唯一传世的戏剧理论作品就是这篇《论戏剧》(*De Fabula*)。与之相反,同为语法学家的多纳图斯在整个中世纪赫赫有名,英语中的拉丁语法学专有名词 donet 即来自他的名字,同时他也是贺拉斯(Quintus Horatius Flaccus)和泰伦斯作品的评注者。大约因此之故,在整个中世纪人们都以为埃文蒂乌斯的《论戏剧》乃是多纳图斯所作,将它收在多纳图斯作品集之中。正是因为多纳图斯在中世纪被视为语法学权威,而在其时的学校教育中,语法学是至关重要的基础学科,这两篇作品亦作为教材广为流传,成为幸存至今的古典主义后期最为重要的戏剧学文本。

中译参考小哈德逊教授英文本 *Medieval Literary Criticism: Translations and Interpretations*. Trans. & ed. O. B. Hardison, Jr., Alex Preminger, Kevin Kerrane, Leon Golden 译出，并据以下拉丁文本 Evanthius, Donatus. *De Comoedia et Tragoedia*. In *Commentum Terenti*, ed. Paul Wessner, vol. 1, repr. Teubner, 1969 校订。

悲剧和喜剧均起源于原始人庆祝丰收的宗教仪式。

当人们点燃祭坛，带来将被献作牺牲的山羊时，祭神的歌队所唱的酒神颂歌就叫作悲剧，悲剧来自“山羊之歌”(apo tou tragou kai tes oides)——即葡萄园的天敌“山羊”(tragou)和“颂歌”(oide)。维吉尔在《农事诗集》(Ⅱ. 380ff)中详细讨论过这种说法的根据。或许是因为作这类歌曲的诗人会得到一只山羊，或许是因为歌者通常将得到满满一山羊皮袋新酿的甜酒，又或许是因为在埃斯库罗斯发明面具之前，表演者常常以酒糟涂面，“酒糟”在希腊语中叫作truges，tragedy一词即由此而来。

但是雅典人并不都住在城市里，阿波罗神被称为 Nomius 和 Aguieus，即牧羊人和村庄的保护神。人们在村庄、田野、集镇和阿提卡的十字路口到处建起祭坛，表达对阿波罗神的崇拜，并为他献上庄严的节日颂歌，这被叫作喜剧(apo ton komon kai tes oides)——我想这个名称来自“村庄”(Komai)和“歌曲”(Oide)。又或者是来自 apo toce komazein kai aidein[狂欢歌舞]，这一说法也不是不可能的，因为在祭神的日子里，喜剧歌队往往沉醉于性爱的狂欢之中。

历史顺序一旦确立，悲剧显然是首先诞生的，因为人类是逐渐从蒙昧野蛮状态过渡到文明时代的，后来才有城市的兴起，生活才变得更为平和安逸，因此悲剧的出现比喜剧要早得多。

古代史的研究者们认为泰斯庇斯(Thespis)是悲剧的创始人,而欧波利斯(Eupolis)、克拉提诺斯(Cratinus)和阿里斯托芬(Aristophanes)一并被视为旧喜剧之父。而荷马可以说是所有诗歌取之不尽的源泉,他为各种诗歌提供了范例,并差不多为其创作确立了一套法则。我们知道他用悲剧形式写作《伊利亚特》,用喜剧形式写作《奥德赛》。这些诗一开始很粗糙,并不像后来那样精雕细琢、优美典雅。在精彩卓绝、内容丰富的《荷马史诗》之后,聪明的模仿者们规范了这些诗的结构和组成部分。

在讨论了这两种文学样式的早期历史以确定其渊源之后,现在我们转入正题。限于本文题目,我们将暂不涉及晚些时候悲剧特有的一些话题,并会谈到泰伦斯所模仿的戏剧种类。

正如我们前面发现的,旧喜剧和悲剧一样,曾经只是一首歌曲。歌队围绕在烟雾缭绕的祭坛边,和着长笛的伴奏唱歌。他们时而边走边唱,时而站着不动,时而又围成一圈跳舞。然后有一个人站出来与整个歌队对话,每个人轮流着来,使用不同的曲调。后来又出现了第二、第三个角色。后来,当作者不断增加角色人数时,面具和长袍开始派上用场,演员也开始使用长筒靴、轻软靴和其他的道具和服装。到后来,每一个角色类型都有了自己的服装。最后,第一、第二、第三、第四、第五场都有演员表演,整个戏剧被分为五幕。

这时的喜剧可以说仍处于摇篮之中,几乎还没有开始,它被称为 archaia komoidia 和 ep'onomatos。archaia komoidia 是因为与后来发现的相比,它是“古老的”(archaia);ep'onomatos 是因为喜剧故事可以说具有真人实事的历史有效性,可以直呼公民的名字,随意描写他们。

早期诗人不像现代人那样虚构情节,他们公开描写公民的所作所为，经常使用真实的姓名。这对于社会道德非常有益，因为每一个公民都要避免不道德的行为以免当众出丑，使他的家庭蒙羞。但是当诗人们开始更为恣意地运用手中的笔围攻好人而仅仅为了取乐时，一道禁止任何人写诗诽谤他人的律令就使他们哑口无言。

在这种情况下，一种新的戏剧类型——萨提尔剧诞生了。“萨提尔剧”(Satyr Play)一词得名于“森林之神”(Satyrs)。这是一些耽于享乐、生活放荡的超自然存在——尽管有人错误地认为该词别有由来。这种戏剧通过粗俗(也可以说是“质朴”)的插科打诨，不指名地攻击公民的恶行。创作此类剧的许多诗人受到迫害，因为权贵怀疑他们丑化了自己的行为，他们的创作态度对上层社会也是一种侮辱。卢齐利乌斯(Lucilius)开始用一种新的方式创作这类诗歌，他写“格言诗”(Poesy)——即几本书中的同一首诗。

迫于上述压力，诗人们放弃萨提尔剧，创造了另一种诗歌——“新喜剧”。这种诗歌关注更典型的情形，一般描写中产阶级的生活。它给观众的感觉不再那么尖刻，而是更为愉悦，情节集中、性格真实、情感健康、机智风趣、音韵和谐。正如那些早期喜剧因其作者而受人称颂一样，新喜剧也是许多早期和后期作家的杰作，尤其是米南德(Menander)和泰伦斯。

尽管关于这些话题还有许多可以讨论，我们只要向读者总结一下古代作品怎样评价喜剧艺术就足够了。旧喜剧在开始有歌队时就存在了。随着角色人数的增加，它逐渐扩展成五幕剧。最后，歌队的作用逐渐减弱，到新喜剧中它就不仅不再出现在舞台上，甚至整个剧中都没有它的位置了。随着时间越来越从容，观众也更加老练，当戏剧从表演部分转换成演唱时，他们就开始骚动并离开剧场。诗人由此得知要减少歌唱部分，几乎把它从剧中摈除。米南德就是因为这个原因去掉歌队的,而不是像其他一些作者认为的那样是为了别的原因。最终诗人们根本不再为歌队留任何位置。拉丁喜剧诗人用这样的方式创作,这就是为什么难以确定他们剧中五幕分界线的原因。

此外,希腊人的戏剧没有序幕,而拉丁戏剧习惯包括序幕。除泰伦斯之外,所有的拉丁作家都像希腊人一样用 theoi apo mechanes[机械降神]来讲述故事。还有,其他的喜剧作家不大容易接受 protatika prosoda[剧外角色],泰伦斯却经常使用这类角色,因为通过介绍,情节可以变得更为清晰。

古代诗人非常不注意音步,只要求第二和第四场使用短长格,泰伦斯更是后来居上,他放松音步限制,尽可能减少使用,以至于其作品具有散文的特性。

至于按道德习俗、年龄、生活中的身份和角色类型来塑造性格的规则,没有人比泰伦斯更孜孜以求之。既然虚构要求逼真,他敢于独自拒绝喜剧陈规。有时他描写的妓女并不邪恶,这既因为她们的善良,也因为这种事实本身在某种程度上令人愉快。

泰伦斯对这些问题的处理具有高度的艺术性,尤其值得称道的是他的创作始终保持在喜剧的范围内,缓和情感因素以免滑入悲剧。我们注意到普劳图斯(Plautus)、阿弗南尼乌斯(Afanius)和阿庇乌斯(Appius)以及其他许多喜剧诗人都没有达到这个效果。在泰伦斯的其他优点之中,同样值得赞誉的是他的戏剧风格控制得非常好,既不会上升到悲剧的崇高,也不会落入滑稽剧的低俗。

再者,泰伦斯从来不写那种需要文物专家解释的深奥难懂的东西,普劳图斯却经常这样做,他的戏剧在许多地方都比泰伦斯更为晦涩。泰伦斯还注意到情节和风格,他总是避开或非常谨慎地对待那些可能引起非议的话题；他的开头、中间和结尾衔接得如此细致，以致毫无破绽，每一样东西看起来都取自同一素材，同属一个整体。

值得称道的还有，他从不把四个没有明显差异的人物放在一起。另外，他从来不让他的人物直接与观众讲话，好像他不是剧中人，而这是普劳图斯常用的方法。其他可赞扬的方面还有，他选用复线情节以使故事更为丰富完满。除了《婆母》(*Hecyra*)一剧只描写了潘菲路斯(Pamphilus)的爱情之外，其他五部喜剧都有两对年轻的伴侣。

显然，在新喜剧之外，拉丁人又发展了多种戏剧形式，比如根据罗马人的故事改编的"市民剧"(togata)；取材于罗马历史中伟大人物的"镶紫边袍剧"(praetextata)；来自卡柏利亚镇(Campania)的"阿特拉纳笑剧"(Aellana)，第一部阿特拉纳笑剧就是在这个镇上演的；来自作者名字的"壬索尼卡剧"(Rinthonica)；情节和风格都很低俗的"商业剧"(tabernaria)；以及连续模仿卑鄙行为和浪荡人物的"哑剧"(mime)。

在悲剧和喜剧的诸多差异中，最重要的有以下这些。喜剧人物在财产上都是中产阶级，剧情危机是轻微的，并以欢乐结束；而在悲剧中，一切都恰好相反——伟大高贵的人物、紧张激烈的恐惧感、毁灭性的结局。喜剧的开头是困境，结束时矛盾已经平息。悲剧故事发展的顺序却正好相反。悲剧描写应当逃避的生活，喜剧则描写应当追求的生活。喜剧故事总是虚构的，悲剧则常常以历史事实为基础。

最先写作拉丁戏剧的作家是利维乌斯(Livius Andronicus)，他的创作形式非常新颖：他既是剧作者，又是演员。

喜剧可以是"行动型"，也可以是"静态型"或"综合型"。"行动型”更为热闹,“静态型”更为平静,“综合型”则二者兼备。

喜剧分为四个部分:序幕、开端、高潮和结局。序幕是戏剧的开场白,在这一部分——也只有这一部分——允许为了戏剧诗人、剧本或演员的需要讲些剧情矛盾之外的事情,与观众对话。开端是第一幕,是剧情的开始。高潮是戏剧冲突的发展和扩大,也可以说是所有错误的纠结之所在。结局是矛盾进程的解决,所有人都弄清了过去的事情,真相大白,皆大欢喜。

论喜剧

多纳图斯(Aelius Donatus)

[编译者按]多纳图斯的《论喜剧》与埃文蒂乌斯的《论戏剧》同为公元四世纪的作品,内容上颇多一致之处。通过它们,我们得以了解到许多有关古典希腊罗马戏剧的珍贵知识。这些知识多数并不见于亚里士多德传统,却让我们窥见了尼采的悲剧理论之源。

人们一般认为亚里士多德《诗学》本为讲义,旨在向弟子传授作诗之道,或说其为回应柏拉图在《理想国》中所提挑战、为诗及诗人辩护而作。无论出于何种宗旨,身处雅典黄金时代的亚里士多德未尝有意为古希腊戏剧留下完整史料(除了大量征引列举戏剧名称以外)。然而到公元四世纪,不仅古希腊戏剧高峰巍然,就连效法于兹的古罗马戏剧也已是大家赫赫、佳作尽出。

埃文蒂乌斯和多纳图斯的这两篇作品审视近千年的古希腊罗马戏剧史,探究其缘起,梳理其脉络,评说其得失,可谓正当其时。其中关于悲剧起源于酒神祭祀、喜剧起源于日神祭祀庆典的观点正是尼采《悲剧的诞生》中著名论断之先声。身为古典学家,尼采有可能正是在这些文献中获得思想基石与灵感的。当然,从古人的上述观点中演绎出对现代美学与艺术影响至深的“酒神精神”和“日神精神”则是另一项伟大创举。此外,我们也不难在这两篇文献中看到与亚里士多德悲剧观一脉相承之处,比如悲喜剧中题材、功用和风格上的差异,以及对剧情的整一性要求等。

中译参考 O. B. Hardison, Jr. ,*Medieval Literary Criticism*: *Translations and Interpretations*. Trans. & ed. O. B. Hardison, Jr. , Alex Preminger, Kevin Kerrane, Leon Golden 译出,并据 Evanthius, Donatus. *De Comoedia et Tragoedia*. In *Commentum Terenti*, ed. Paul Wessner, vol. 1, repr. Teubner, 1969 校订。

喜剧是一种描写公众和私人的各种品质和情境的戏剧形式,人们从中学会生活中什么有益,什么应避免。希腊人对喜剧有如下定义:“喜剧讲述无重大危险的私人行为。”西塞罗说,喜剧是“生活的模仿、性格的镜子、真理的影像”。

喜剧得名于一个古老的风俗。在早期时代,这种歌曲就在村庄演唱,就像在意大利的“十字路口节”(crossroads festivals)上那样。在换节目的间隙插入说唱表演以娱乐观众,也就是说,它们取材于生活“在村庄”(apo tes konus)的人们的生活,因为他们是中产阶级,而不像悲剧人物那样生活在富丽堂皇的宫殿里。喜剧因为要逼真地模仿生活和人物性格而使用动作表情和对白。

没有人知道是哪个希腊人发明了喜剧。罗马喜剧的发明者却是已知的:利维乌斯是第一位创作喜剧、悲剧和 fokula togota 的罗马作家。他说喜剧是“日常生活的镜子”,这一说法是正确的。当我们凝视一面镜子时,通过影像我们容易看到真实事物的特征。同样,通过阅读喜剧我们容易发现生活和习俗的生动写照。

最初的喜剧思想是从外邦传来的,带着外邦人的风俗,当阿提卡礼仪的维护者雅典人想要谴责一个道德败坏的人时,他们常常兴奋而热切地从四面八方汇聚到村庄和十字路口,在那里他们当众指名道姓地描绘那人的恶行。喜剧就得名于这种风俗。

雅典人一开始在草地上唱歌,其中不乏奖品以激励诗人们学习更高超的写作技巧,还向演员赠送礼品,鼓励他们自由发挥宛转动听的歌喉以获得好评。发给他们的奖品是一只山羊(tragos),因为这种动物被认为是葡萄园的天敌。悲剧(tragedy)一词由此而得名。然而许多权威人士更倾向于认为"悲剧"一词来源于 amurca[酒糟],这是一种水质的东西。tragodia(此词来自希腊语 truges,即"酒糟")暗示了 tragedy 的来历。

因为这些仪式是在祭祀酒神巴克斯(Bacchus)的庆典上表演的,悲剧和喜剧诗人们开始崇拜这种神灵,仿佛他真的在场。对此事可能的解释是:创作这些原始歌曲是为了讲述和赞美酒神巴克斯的威名和功德。

渐渐地,这种艺术形式声名鹊起。泰斯庇斯(Thespis)最初使它受到众人的瞩目。接着是埃斯库罗斯师法其先辈泰斯庇斯的创作。关于这些方面,贺拉斯在《诗艺》中写道:

> 据说是泰斯庇斯发明了悲剧这种前所未知的艺术类型,并用手推车载着他的剧本四处演出,由面涂酒糟的演员来表演。在他之后是埃斯库罗斯,此人引进了悲剧面具和长袍,设计出由小块木板搭起来的舞台,教演员们讲话要庄重,要穿悲剧靴子。随后赢得大众称赞的旧喜剧出现了,但是它的自由风格使之堕入了过分和暴力,以至于不得不用法律来加以限制。由于不许攻击人们的性格,歌队陷入难堪的沉默。拉丁诗人们遍尝了所有风格。那些敢于追寻希腊人的足迹去歌颂他们自己祖国的诗人们是最值得尊敬的,无论是在悲剧"镶紫边袍剧"中还是在喜

剧的“市民剧”形式中。(《诗艺》[*Ars Poetica*]274－288)

“戏剧”是一个统称,其两个主要的组成部分是悲剧和喜剧。悲剧如果采用罗马题材就叫作镶紫边袍剧(praetexta)。喜剧有很多种:长袍戏(palliata)、市民剧(togata)、商业剧(tabernaria)、阿特拉纳笑剧(Atellana)、哑剧(mime)、壬索尼卡剧(Rinthonica)和赤脚戏(plainipedia)。

赤脚戏得名于其题材低俗、演员出身低微——他们不是穿着鞋袜在舞台或平台上表演,而是“光着脚”——或者是因为剧情并不适于那些生活在华屋广厦之中的人们,而只适于居住在低贱地方的人。

据说最早在喜剧中使用面具的是辛西乌斯(Cincius Faliscus),在悲剧中是米努西乌斯(Minucius Prothymus)。

所有喜剧的名称不外乎取自这四个方面:姓名、地点、事件和结果。以姓名命名的例如有《福尔米欧》(*Phormio*)、《婆母》(*Hecyra*)、《格鲁库利欧》(*Cruculio*)、《埃比迪库》(*Epidicus*);以地点命名的有《安德里亚》(*Andria*)、《莱夫卡迪》(*Leucadia*)和《布林迪西纳》(*Brundisina*);以事件命名的有《阉割》(*Eunuchus*)、《与驴同行》(*Asinaria*)和《俘虏》(*Captivi*);以结果命名的有《同时死亡》(*Commorientes*)、《罪》(*Crimen*)和《自虐》(*Heauton Timorumenos*)。

喜剧有三种形式:长袍戏使用希腊人的装束;市民剧中的人物穿着罗马式宽袍——许多人把这种喜剧叫作商业剧;阿特拉纳笑剧则基本上以机智玩笑见长,除了古老之外没有任何价值。

喜剧分四部分:序幕、开端、高潮、结局。序幕是展开正式的情节纠葛之前的第一段道白,来自希腊语中的 Protos Logos(“第一个词”或“第一段话”)。序幕有四种类型,其一是 Sustatikos[评论],用以赞美诗人或剧情故事;其二是 epitimetikos[“相关的”序言],在这里戏剧诗人或者咒骂竞争对手,或者讨观众的欢心;其三是 dramatikos[关于故事],用以解说戏剧故事梗概;其四是 miktos[综合型],包括以上三个方面的内容。

有人认为 prologue[序言]和 prologium[序幕]之间有一个区别:prologue 维护诗人的名誉、赞扬故事情节,而 prologium 却讲一些与故事本身有关的事。

开端是戏剧表演的第一部分,只解释一部分剧情而留下另一部分,从而给观众设下悬念。高潮是剧情的复杂化,各种因素错综交叠,精彩纷呈。结局则是戏剧矛盾的解决,水落石出。

在大多数戏剧中,剧名是排在作者名之前的;只有几部戏作家名排在剧名之前。古代的戏剧实践有些不同:当诗人们第一次拿自己的戏剧公演时,剧名要在作者之前宣布,以免他们因遭到敌视而灰心丧气;但是当他公演过很多剧本,有了名声之后,就要把他们的名字排在前面以招徕观众。

戏剧显然是在各种各样的比赛中演出的。那时有官方举办的四种公开的戏剧竞赛:主神节赛(the Megalenses)是献给主神的,希腊人叫作 megaloi;葬礼赛(Funekres)是在一些贵族的葬礼上用以吸引人们注意的;公民赛(Plekei)是为人民举行的;阿波罗赛(Apollinares)是纪念日神阿波罗的。

舞台上通常设有两个祭坛,右边祭祀酒神巴克斯,左边祭祀比赛所纪念的神。因此泰伦斯在《安德里亚》中说:“从祭坛上拿走一些献祭的树枝。”(Ⅳ.Ⅲ.724)

作家们总是让奥德修斯戴着一顶帽子,这或许是因为他曾经装疯以免被人认出要被迫去打仗,或许是因为他非凡的智慧常常保护和帮助他的同伴。他有撒谎的特殊天赋。许多评论家注意到伊塔卡(Ithaca)的居民都戴着帽子,像洛克里斯人。阿喀琉斯和尼奥普托列墨斯(Neoptolemus)的装束中都有王冠,尽管英雄并不能拥有君权,证据是他们从未像其他希腊青年那样卷入特洛伊战争的神圣誓言当中,也从不听从阿伽门农的命令。

在喜剧中老人们穿白色服装,因为白色和老年是联系在一起的。青年人的衣服五颜六色。喜剧中的奴隶穿短外套,标志着他们常年清贫,抑或为了行动便利。寄生虫们裹着大氅。成功者穿着白袍,不幸者身着旧衣。富人穿紫色外衣,穷人穿紫红色长袍。士兵披一件紫色短斗篷,女孩子身着洋装。皮条客披着彩色披风,妓女则穿象征贪婪的黄色。

Syrmata 得名于它一直拖到地上。这种服装是爱好奢华的爱奥尼亚人发明的。剧中人在服丧期穿 Syrmata,象征着他们忽视了自我以致不讲究衣着。花边帷幕也扩展到了前台,这种装饰品从阿塔卢斯(Attalus)宫廷传入罗马。后来,一种喜剧式落地幕代替了花边幕。另有一种哑剧遮幕,用来在换幕时挡住观众的视线。

演员们讲短长格对白,但歌曲的旋律由专业的音乐家而非诗人创作。一首歌曲并不只有一种旋律,通常有好几种,由标明喜剧的三个数字来表示,不同的数字表示该歌曲的不同旋律。作曲家的名字放在戏剧开头,紧随作者及主要演员的姓名之后。

这种歌曲由长笛演奏。许多观众甚至在剧名宣布之前,一听曲调就知道将要上演什么戏剧。演奏歌曲的长笛有时是右手笛和左手笛相配,有时则不需要。右手笛演奏庄严的音乐,营造出严肃的喜剧氛围,左手笛则用高音烘托轻松嬉戏的喜剧氛围。当戏剧要求既用右手笛又用左手笛时,就预示着该剧是既严肃又活泼的。

《理想国》中的难题:诗艺的性质

普罗克洛斯(Proclus Lycaeus)

[**编译者按**]普罗克洛斯(412—485) 史称"继承者",生于古罗马的末世,是西方古典时期最后一位哲学家,他所继承的则是普罗提洛(Plotinus, 205—270)的新柏拉图主义学派。新柏拉图主义,顾名思义即对柏拉图主义的继承与创新,其特点是抛弃柏拉图二元论结构中有关社会现实的学说,而单纯专注于理论思辨及超越性的精神维度。关于文学艺术,柏拉图在其众多对话中多有论及,其中有些观点不免相互矛盾,最著名的莫过于《理想国》第十卷中的模仿说和《伊翁》《斐德若》中的灵感说。根据前者,柏拉图指斥诗歌远离真理、亵渎神灵、毒害青年;根据后者,柏拉图又承认诗歌源自神赐灵感,故而蕴含着神圣的真理。这其实正是柏拉图二元论在文艺问题上的体现。新柏拉图主义的创始人普罗提洛在其著作《九章集》中确立了以神圣太一为旨归的美学观,但对于文学却极少涉及。

在西方文论与批评史上,真正将新柏拉图主义理论原则运用于讨论文学领域一般性问题的正是普罗克洛斯。以下这篇文章选译自普罗克洛斯的多卷本《柏拉图评注》,之所以选择它,是因为它既有对文学一般性质的考察,又有具体的评论作为补充,而且它独立成篇,意义相对明确而完整。

本文首先从灵魂学角度入手区分了灵魂的三种能力或状态,即与神灵融合的状态,受科学和理性能力支配的中间状态,以及仅仅模仿事物表面特征的状态。随后,普罗克洛斯将柏拉图著作中讨论过的诗归纳为四种不同类型,分别归于这三种灵魂能力和状态:神授灵感的诗来自灵魂的第一种能力,具有科学知识、靠理智和审慎完成的、有益于美德与智慧的诗来自灵魂的第二种能力,而所有模仿的诗都来自第三种能力,其中又可分为追求精确相似性的诗和仅仅出自幻想、迎合观众趣味的诗。很显然,柏拉图著作中真正引人注目的是第一和第四种诗,他对二者一褒一贬的态度之所以令人困惑,是因为他根本没有做出普罗克洛斯这样的明确区分。

换言之,普罗克洛斯对柏拉图诗学观的阐释恰恰体现了新柏拉图主义的理论原则和思想特色:将柏拉图主义的二元世界改造成一个处于神圣一元笼罩之下的、自上而下层级分明的世界。新柏拉图主义对神圣一元的重视、对秩序的强调,乃至对光的意象的倚重都在普罗克洛斯此文关于神授灵感诗歌的长篇论述中得以体现。

此外,普罗克洛斯赞扬明辨善恶是非、据此创作祈祷词的诗人,并把遭柏拉图贬斥的模仿的诗又细分为两类,对其中能够达到与事物精确相似从而提供正确识见的诗也予以肯定,这些阐释显然都大大削弱了柏拉图在《理想国》中对诗及诗人的负面评价。文章后半部分围绕荷马展开。作者尽管宣称在荷马那里可以看到上述所有四种类型的诗,但是他显然更加认同柏拉图对荷马作为最具神性之诗人的推崇;对于后者对荷马的批评,他亦从历史的角度做出了解释。

就批评史而言,古典主义后期的新柏拉图主义者对柏拉图诗学观点的阐释具有承上启下的重要意义,它一方面确认或保留了柏拉图主义在诗学传统中的关键地位,极力淡化后者对诗和诗人的负面指控,同时又通过对神授灵感诗歌的更详细论述,为"寓意批评"在中世纪的广泛流行奠定了基础。诗蕴含着神圣的真理,诗人则是先知和预言家。他们的想象力胜过理性,虽然常常被缺乏想象力的人视为非理性。这些观点为文学,包括古希腊罗马"异教"文学在中世纪欧洲基督教文化语境中保留了一席之地,并深刻影响了自文艺复兴直至浪漫主义甚至现代主义的文学及其批评。

本文中译参考 Proclus,"Proclus on the More Difficult Questions in the Republic: The Nature of Poetic Art", tr. Thomas Taylor, in *The Rhetoric, Poetics, and Nicomachean Ethics of Aristotle*, ed. T. taylor. 2vols. London, 1818。

灵魂中有三种生命。最好、最完美的是通过使灵魂与神灵相关并将二者结合起来的能力达到的,灵魂通过最高的相似性处于与神灵融合的状态。灵魂不再以其本身存在,而是从注入心中的神圣的源头获得生命,充满了无法言喻的神性的印象,并将相似双方联系在一起——将它自身的光与神灵之光联系起来,将它自己的本质和生命与第一位的本质和生活联系起来。灵魂的第二种生命通过一种尊严和力量都处于中间状态的能力实现:没有神性灵感的灵魂以理智和科学为其活动原理,演化出各种理性形态,从而认识到它自己的个体性。它纵览事物形式的各种变体,通过抽象概括联结理性及其对象,又用形象来表述理性的和概念的本质。灵魂的第三种生命与其低级的能力相一致:以这种能力表达自身的灵魂使用幻想的、非理性的感觉,充满了低级的、次要的东西。

正因为灵魂中有三种生命形式,源自不同才能的诗歌也分为高、中、低三种存在形式。第一种诗是最高的存在:它充满了神性的善,按照某种不可言传的契合将灵魂设定于事物的起因之中。灵魂屈服于神圣的光辉,神性被驱动着进行一种光的交流——因此按照神谕(Oracle)的说法就是“永恒之光的融合使作品趋于完善”。这种诗能产生一种神圣的联系,一种分有的联合,在其中低下的与高尚的共存,神圣的力量注入一切。低级的自然消退,隐没于高级的事物之中。简而言之,这是一种胜于节制的明显的疯狂,因其神性的品质而独具特色。这第一种诗歌——来自神授灵感的诗歌,使灵魂充满了对称性,因而不遗余力地追求韵律和节奏的美化效果。正如我们认为预言的迷狂依据真理、爱情的迷狂依据美一样,按照同样的方式,诗学的迷狂依据神圣的对称性。

第二种诗歌次于有神授灵感的第一种,在灵魂中处于中间位置,其生命来自科学与理性的能力。因此这种诗歌体现事物的本质,力图思考对优美的作品和理论思辨,并用韵律和节奏来解释每一样东西。你会发现优秀的诗人有很多作品都属于这一类,足以与伟人的智慧相媲美——充满了温和的告诫、最佳的建议和理性的和谐。这种诗向那些天性善良的人们教导谨慎和其他所有的美德,它探究和反映了各种状态下的灵魂的永恒理性和以各种方式表现出来的力量。

第三种诗低于前两种,是见解和幻想的混合体,其创作方法是模仿,被称为——而且只不过是——模仿的诗歌。它有时只是运用相似性进行创造,有时则依赖于貌似如此却非真实的相似性。它极度强化那些原本恰到好处的温和的情感以引起听众的惊奇;它用适当的名称和词汇、多变的和声和丰富多彩的节奏改变灵魂的气质。它不依事物本来面目,而是凭着它们在大多数人看来的样子来表现其性质,它是一种模糊的轮廓,而不是关于事物的准确的知识。它也以娱乐听众为目标,特别关注灵魂天性的消极部分。但是正如我们在其他地方说过的那样,这类诗歌也可分为两种:一种是“同化”,其中的模仿是精确的;另一种是“幻影”,只提供表面的模拟。

简而言之,诗歌的种类就是这些。现在要说明的是柏拉图也提到过这些,并且要论述与他关于每一种诗歌的观点相关联的其他一些问题。首先我们将讨论有关神性诗歌的那些精彩看法,任何一个认真阅读柏拉图的人都可以收集到这些思想。只要把这些观点弄清楚,我想其他两种诗歌将会很容易理解。

在《斐德若》中柏拉图把神性诗歌叫作“一种源自缪斯女神的占有,一种迷狂”(244－245),并且称它是从高处传给一个脆弱孤独的灵魂。它鼓动、激发起酒神的激情,以颂诗或别的诗歌形式表现出来,其目的是教育后人纪念祖先的不朽功业。

从这些话中我们非常明显地看到,柏拉图把诗歌创作最初的、第一位的动因看作诗神的礼物(才能),正如诗神以和谐与节奏充满所有其他的神圣造物,充满显者和隐者一样,它们也用同样的方式在它们占有的灵魂中留下神性的痕迹,这些痕迹把来自灵感的诗照耀得光辉灿烂。我想柏拉图之所以把这种照耀叫作“一种占有”或“迷狂”,是因为照耀的全部能量是神性的,因为受照者俯从于这种能量,放弃了自己的习性而顺服于神圣的始终如一的力量。他称之为一种“占有”,是因为整个被照亮的灵魂把自己交给了那照耀着它的神灵此刻的影响,他称之为一种“迷狂”,是因为这样的灵魂为了那些照耀的力量而放弃了它自己的能量。

在第二个地方,柏拉图描述了被诗神占有的灵魂的特征,他说这个灵魂应该是敏感、寂寞、坚强、具有抵抗性的。不顺从于神性的照耀的灵魂会反抗神性灵感占有的力量,因为它以自己的方式存在，而不是通过照耀的力量，它不能接受这种力量所带来的礼物。一个拥有各种各样的意见、充满了不符合神圣性质的思想的灵魂会把它自己和它得自诗神的力量混成一团，使灵感的过程变得模糊不清。因此，被诗神占有的灵魂必须是敏感而寂寞的——这样它才可能接受神性，与之相和谐。它应该不能接受别的东西，不和它们混杂一处。

在第三个地方，柏拉图提到了与诗神的占有和迷狂相关的一种态度的一般表现。酒神的激情引起的兴奋和激动既是照耀，也是被照，这两个过程是同一的：神的力量自上而下运动，灵魂则把自己交给这种运动。兴奋是一种净化了的灵魂力量，它把灵魂从物质与时间的世界提升入神性的世界。酒神的激情是神性灵感的动因，也可以说是一种朝向神灵的不知疲倦的舞蹈，给予被占有者以完美。但是灵魂的正确位置和神灵的力量一样必要，这样被占有者不会滑入更邪恶的境地，但却很容易被提升到更美好的自然。

在第四个地方，柏拉图补充道，这种神性诗歌的目的是要教育后人纪念祖先的不朽功业。这暗示着人类的事件被神灵诗歌讲述出来时变得更完美、更辉煌，这种诗歌会在它的听众中产生出真正的知识。它的主要目的不是培养年轻人，而更多是指向那些已经学到公民美德的人，他们还需要对神性的东西有一种更重要的精神上的理解。一旦它的神性显现出来，这种诗歌比其他任何一种都更能教育听众，因此柏拉图非常正确地

> 偏爱这种诗歌，它来自缪斯，存在于温和而坚定的灵魂之中：靠近诗的大门却没有这种迷狂的人将是不完美的，他的诗出自深思熟虑，在源自暴怒的诗面前将不值一提。（《斐德若》245）

苏格拉底在《斐德若》中告诉我们神性诗歌的特性——既不同于神灵预言，也不同于经过深思熟虑精心创作的艺术——他把它的光芒的最初显现归功于神。

在《伊翁》里，苏格拉底与那位狂诗吟诵者谈论这种诗时的评论肯定了这些观点。在这里苏格拉底明确指出荷马的诗是神授的，对于那些与它交谈的人来说，它是一个热情之源。当那位吟诵者说他能够大段大段地朗诵荷马的诗，却根本不能朗诵别的诗人的作品时，苏格拉底解释说：

> 你对荷马的精彩朗诵并不来自技艺，而是你被一种神灵的力量推动着。(《伊翁》533d)

真相确实非常明显了。因为凭技艺做事的人能够在所有相同的情境下产生出同样的效果，但是那些凭神赐灵感创造出真正和谐的人在做另外一件同样的事时却不能依照规律产生出同样的效果。那位吟诵者在背诵荷马时获得了神赐灵感，在背诵其他诗人时却没有。苏格拉底把通常被称为“海格立斯”的石头作为诗神完美占有的类比例子来教育我们：

> 这块石头不仅本身吸引铁环，还把吸引同类事物的力量传给这些铁环，使它们能吸引其他东西，组成一个铁环或铁块的链条，一个连着一个地挂在一起。(《伊翁》533d－e)

现在让我们来看看苏格拉底对神性诗歌的一系列论述。因此，他说：

> 诗神使人具有神性；从这些具有灵感的人那里，其他人抓

住了神圣的力量,构成一个神性的热情者的链条。(《伊翁》533e)

在这个地方,他只谈到了一个神性的原因叫作诗神,而不是《斐德若》中的诗神的占有。为了把所有热情的力量归于一个精神实体,归于诗的最初本源,苏格拉底把神性的原因看作单一迷狂。在第一推动者那里,诗歌始终不变地、神秘地存在着,但在由精神的力量推动的诗人那里,它的存在是第二位的、间接的,并通过更为间接的方式存在于吟诗者那里,这些吟诵者又通过诗人回到第一因。苏格拉底把神性灵感扩展到吟诗者身上,以此赞颂第一动力强大的生命力。同时,他清楚地指出,诗人自己分有了灵感:诗人通过诗歌激发他人灵感,这表明诗人的灵魂中显然存在着神性。苏格拉底因此补充道:

最好的史诗诗人和所有同样擅作任何一种朗诵诗的诗人都不是根据艺术法则来构思他们令人称羡的作品的,他们被诗神占有,根据神授灵感写作。最好的抒情诗人和所有其他优秀的说唱韵文作者也是如此。(《伊翁》533e)

后来他又说:

诗人是轻松多变的,是属神性的,在变成属神者不再受智力支配之前,他不能写诗。

最后苏格拉底补充道:

因此诗人的确讲出了许多好的事情,正如你讲述荷马那样,不管这些事情的主题是什么;但他不是根据任何艺术法则来讲述,而是循着一种神性的召唤。

所有这些引语都表明柏拉图在为神性诗歌追寻一个神圣的原因，他称之为“一位缪斯”。在这里他仿效荷马，后者在提到缪斯时有时用总称，有时又将缪斯女神集体各作一个单一原则，比如他说“O Muses, sing”和“Sing me the man O Muse”，柏拉图把诗的迷狂定位在热情的神圣原因与吟诗者的朗诵中灵感的最后回声之间，既感动别人，本身亦被感动，从高一级获得灵感，并将之传递给下一级链环。诗的迷狂就这样将最后的参与者与神圣的本体联系在一起。

根据这些观点我们也许也可以赞同那位雅典客人在《法义》第三卷中关于诗的看法以及《提麦奥斯》关于诗人的观点。雅典客人说：

> 诗具有神秘的灵感，它由神圣的颂歌组成，并且使诗中真正涉及的许多事情与缪斯发生联系。（《法义》682）

《提麦奥斯》劝我们追随由阿波罗赐予灵感的诗人们，因为他们是“神的儿子，了解他们的父亲们的事情，即使他们的断语是不可能或不可证明的”。从这些观点出发不难理解柏拉图关于神性诗歌的观点以及他是如何将有灵感的诗人的特征规定为神圣力量的特殊传达者，认为他们特别熟知他们的父的事。因此当柏拉图注意到神话故事，纠正诗人创作中更令人担心的部分——例如写众神的契约、阉割、爱情、性关系、泪水和欢笑的地方——我们必须说他也是在以特殊的方式证明写这些事情是隐喻性的，透露出了面纱之下的思想。因为无论是谁，只要他认为诗人在对神迹的信仰上特别有价值，即使他们是通过灵感说话而不是通过逻辑证明，他就一定会喜欢神的寓言，通过这些故事传达出神性的真理。因此，当柏拉图在他的《理想国》中立法，认为诗和寓言故事不适于年轻人的耳朵，他绝不是忽视诗本身；他只是要保护青少年的心灵，他们缺乏从虚构故事中听这些事情的经验。因为正如他在《阿尔喀比亚德后篇》中所说的：

> 从整体上诗的本质是谜，它对每个人的理解力并非都是显而易见的。

然后，在《理想国》中他又清楚地说：

> 年轻人不能区分什么是讽喻，什么不是。(《阿尔喀比亚德后篇》377)

因此我们必须说柏拉图完全赞同灵感诗歌，他把它叫作属神的，并且认为那些创作此类诗歌的人应该缄口不言，受到尊敬。我们对第一类诗歌的考查到此结束，这种诗来自神圣的源泉，存在于敏感而孤独的灵魂之中。

现在让我们来思考那种具有科学知识的诗，这种诗靠理智和审慎完成。它向人们透露出许多精神的本质，显现出实践哲学中许多可能原则。它探究人类行为中最美的匀称，检查罪恶的性情，并且用恰当的音节和韵律来装饰所有这些内容。

《法义》中，那位雅典客人说忒奥格尼斯(Theognis)的诗属于这一种，他认为忒奥格尼斯的诗比提尔泰奥斯(Tyrtaeus)的好，因为忒奥格尼斯是全部美德的老师，包括政治生活。他教给人们一种从所有美德中获得其完满性的忠诚，把最为有害的邪恶的叛乱从政治中驱逐出去，改变着那些被说服的人们的生活。另一方面，提尔泰奥斯只称赞坚韧习性本身，把它宣讲给那些忽视其他美德的人。但是最好还是听听柏拉图自己是怎么说的：

> 我们也有诗人忒奥格尼斯这样美德的见证人,他是西西里岛迈格勒城的公民。因为他说"谁能在煽动的叫嚣中保持信念/他就像金银一样珍贵",所以我们说在最艰难的斗争中这样的人会很好地引导他自己,当他将正义、忍耐和谨慎与坚韧结合起来时,他会比单纯的坚强做得更好。因为如果不具有全部美德,没有人能做到在内乱中既保持忠诚又具有影响力。(《法义》I.630)

在这里柏拉图把忒奥格尼斯当作了政治科学和所有美德的分有者。

在《阿尔喀比亚德后篇》中柏拉图阐明了最正确、最健康的祈祷模式,并把它归于某位有智慧的诗人:

> 对于我来说,阿尔喀比亚德,一个有智慧的人可能正好与缺乏理解力的人有关联,他看到他们为了一些事物追求和祈祷——对他们来说没有这些事物倒更好,但这些事物在表面看起来对他们有益——他就为他们创作了如下的祈祷词:朱庇特王,请赐善福给我们,无论它是不是我们所求的;请从我们这里赶走邪恶,即使我们会为之祈祷。(《阿尔喀比亚德后篇》142-143)

只有具有科学思维的人——在他那里神圣属性对应于人的中间才能——才知道如此区别日常生活中的善与恶。由于这个原因,苏格拉底把创作祈祷文的诗人叫作智者:这种(诗人)只通过科学,而不是神圣灵感或正确的意见形成对祈祷者的本性与习惯的判断,他保留了众神仁慈的力量。所以这类诗是智慧与科学的作品,而不是关于任何偶然事物的作品,它把善的存在归功于神圣的力量,并通过吁求更优秀品性中的仁爱来阻止真正的邪恶的产生,简而言之,它宣称这些事物对于祈祷者来说是未知的,它们属于神圣的领域。因此我们可以非常恰当地说,这样的人是充满智慧和科学精神的。能够使真理适应人的中间才能的诗,其本身必须以完美的科学方式存在。

第三步,让我们来谈一谈模仿的诗。这种诗正如我们已经说过的那样,有时与事物有精确的相似,有时仅仅根据表面现象表达事物。在《法义》里那位雅典客人向我们清楚地解释了这种诗与事物相同的部分,但是在《理想国》里苏格拉底又描述了它的幻影部分。在《智术师》中,那位埃利亚客人告诉我们相似的模仿与幻影的模仿彼此有多么不同:

> 客人:我似乎觉察到了两种模仿,一种是创造相似性的技艺,当有人用复制原型的全部比例(长、宽、高)和色彩的方法来制作一件模仿品时,就是使用这种模仿。
>
> 特埃特图斯:所有的模仿者不都是这么做的吗?
>
> 客人:那些创作任何伟大作品的人就不是。因为举例来说,如果雕塑家想要复制原型的正确比例,那么我们从远处看到的上面部分会显得比它们应有的尺寸小,下面部分看起来又太大。
>
> 特埃特图斯:完全是这样。所以艺术家在他们的模仿中走在了精确性之前;他们不按照真正美的比例创作影像,而只按照看似如此的样子。(《智术师》)

我想在这段对话的末尾那位埃利亚客人希望用定义的方法约束那位诡辩家,区分相似的模仿(影像与模型真正类似)和虚幻的模仿(相似只是表面现象)。

在《法义》第二卷中,雅典客人只谈到了相似的诗,他还讨论了音乐,认为其最终目的不是娱乐,而是对其模型的真实的模仿。另一方面,苏格拉底在《理想国》中论述了虚幻的诗。苏格拉底指出了这类诗人与真理隔着三层,只是一种派生物。他把这样的诗比作一幅描绘人造物而非自然物的画——不像它们确实如此的样子,而只是像看似如此的样子。由此苏格拉底清楚地说明了虚幻的诗的目的只是取悦听众。在两种模仿诗中,虚幻的诗正是由于以下原因低于相似的诗:相似的诗关心模仿的准确性,而虚幻的诗只关心幻觉的力量如何能够在听众中产生快感。

这便是柏拉图认为有区分价值的几种诗——一种优于科学,一种属于科学,第三种具有正确的识见,第四种则远离正确的识见。

在弄清这些问题之后,现在我们转向荷马史诗,思考闪耀于其中的每一个诗学传统,尤其是那些有关真与美的传统习惯。当荷马被热情充满、被缪斯控制,传达出众神的神秘思想时,当他谈到灵魂的生命及其本性的多样性,以及它与公民美德的关系时,他是在以科学的方式说话。当他描绘那些真正类似于特定的人和事物的形状时,他是在进行相似的模仿。最后,当荷马的注意力不集中在事物的真相之上,而是表现它们在大多数人眼中如此的样子,以此引诱听众的灵魂时,他在创作虚幻的诗。

现在我想举例说明荷马诗中的这些诗学常规,先从虚幻的诗开始。有时候他描写日升日落不是通过准确的描述,仿佛这些景象确定发生了,而只是写出我们从远方看到的景象。这些和所有类似的例子都可以叫作他诗中的虚幻部分。但是当荷马按照真实生活的情态——有的谨慎,有的勇敢,还有的野心勃勃——模仿英雄作战、商量事情或讲话时,我会把这叫作相似的诗。我相信,当荷马根据他关于灵魂诸功能或灵魂的作用与影像之间关系的知识揭示和讲解灵魂的活动时,或者当他论述宇宙诸元素的秩序(地、水、火、空气)或其他类似问题时,诗的科学性就显现出来了。当他编造寓言告诉我们一些神秘的事物,诸如造物神、太一的三重流溢、火神的镣铐或朱庇特(Jupiter)的父性与朱诺(Juno)的母性之间关系时,我会说他已被热情充满,被缪斯控制。

此外,荷马描写歌手得摩多科斯(Demodocus)时将一种源自神的力量归于他。奥德修斯说得摩多科斯开始唱歌时由神灵驱使,他被神圣的灵感激发,缪斯爱着他,而上帝是缪斯之主:

> 朱庇特的女儿缪斯或者阿波罗教他们吟唱希腊的命运,所有的希腊人,吃苦耐劳。(《奥德赛》第八卷 488 - 490)

一个很典型的解释是:荷马想通过得摩多科斯的性格来表现他自己,他们的个人遭遇的确很相像。在众神"以黑暗之云夺去他的视线/却给予他上升至更高层的能力"这句话中,似乎能看到传说中荷马之盲的直接出处。因此荷马显然坚决主张,得摩多科斯是凭着灵感说出他想说的一切的。

我们已经提及得摩多科斯和他的出自灵感的歌,因为就我看来,荷马认为值得注意的音乐家们演示了上述各种诗歌习惯。正如我们说过的,得摩多科斯在叙述神和人的事时充满灵感,并且从神那里获得诗歌。另一方面,伊塔卡(Ithacan)的游吟诗人费弥奥斯(Phemius)被描述成仅根据有关神与人的事情的科学知识作诗。在《奥德赛》第一卷中佩涅洛佩对他说:

你所知道的最诱人的艺术，神圣的诗人已经将神与英雄的故事道出。(《奥德赛》第一卷 337－339)

第三个游吟诗人是克吕泰墨斯特拉(Clytemnestra)的竖琴手，此人似乎是一个模仿诗人，有着正确的见解。为了克吕泰墨斯特拉，他演奏柔和有节制的曲调，只要他和她在一起，她就不会犯恶行:他琴声的教化效果使她的非理性倾向转向克制。第四位音乐家泰弥里斯(Thamyris)可以代表幻觉的诗。据说他的歌令缪斯们十分恼怒，以至于使它终止，因为他的音乐太华丽多变，故意取悦庸众。由于偏爱一种更多样化的音乐而不是缪斯们的简单模式，泰弥里斯陷入与缪斯的对抗之中，失去了女神们的恩宥。缪斯们的愤怒并不表示她们的任何情感，而是表明了泰弥里斯不适于加入她们:他的歌是幻觉的，离真实最远，它唤起心灵的激情，毫无模仿、正确意见或科学方面的价值。

我们可以在荷马那里看到所有种类的诗，特别是我们说过的主要表现了他的特色的热情的诗。在这一点上我们并不孤独:恰如我们早先看到的，柏拉图在许多地方称荷马为神圣的诗人，是诗人中最具神性者，并且是一个最佳意义上的正确的模仿者。但是在荷马作品中模仿和幻觉的诗的位置非常模糊，因为他仅仅是为了获得庸众的认可并且只有全然迫不得已时才使用它。如果一个人进入一座秩序井然的城市，发现该地为了某个有益的目的而允许醉酒，他也许想要模仿的不是成见或该城整体的有序，而只是醉酒行为本身。在这个例子中城邦几乎不会因他的行为受指责，该为之负责的是他愚蠢的判断。同样，我觉得那些效仿荷马诗中幻觉部分的悲剧诗人也不应从荷马那儿寻找他们错误的根源，而应把它归于他们自己的怯弱。所以就悲剧诗人在其他方面模仿他并分享了他的诗中不同的部分而言——用幻觉方式模仿他以同化态度说出的,并使他科学地创作出来的东西适合于庸众的耳朵——荷马可以被称为悲剧的鼻祖。但是,他不仅是悲剧的导师(因为这仅仅是从他的诗中的幻觉成分来讲的),也是柏拉图心目中所有模仿诗的导师,是那位哲学家全部理论的导师。

依我看,柏拉图在他的著作中之所以如此激烈地反对荷马,反对整个模仿诗,是因为他所生活的时代的腐败堕落。哲学被人轻视,有人说它无用,有人干脆完全谴责它。相反,诗却得到过分的赞美。它的模仿力就是效仿的主题,原则上它被认为是本身自足的。诗人们因为模仿一切而自以为了解一切,就像苏格拉底在《理想国》中所说的那样。柏拉图对这种观念的盛行非常不满,所以他宣称诗与模仿远离了哲学所揭示的真理、灵魂的救主。他批评智术师和流行的雄辩家们对于美德的培养无能为力,出于同样的仁爱精神,他也批评诗人——尤其是悲剧作家和那些取悦听者而不提高美德、娱乐大众而不教育大众的模仿者。柏拉图认为荷马既然是这类诗的先驱和悲剧家们效仿的典型,就应受到同样的批评。柏拉图为了使他的同时代人从对诗的崇拜中警醒就必须这样做,因为他们对诗的过分依恋导致了对真正原则的忽视。从教育民众、纠正荒谬的幻想并使人们过一种哲学生活的观点出发,柏拉图谴责悲剧诗人(他们被认作公众导师)将注意力投向毫无理性的事物。同时柏拉图也放弃了对荷马的尊敬,将荷马与悲剧诗人列入同一等级,指责他是一个模仿者。

对柏拉图而言,同一位诗人既被誉为神圣的,又被宣称为与真理隔了三层的现象应不足为怪,因为就荷马被缪斯占有而言,他是神圣的;但就他是一个模仿者而言,他又处于离真理三层的位置。

关于《诗篇》的阐释问题

——亚历山大里亚主教阿塔纳修斯给马尔克林努斯的一封信

阿塔纳修斯(Athanasius of Alexandria)

[编译者按] 阿塔纳修斯和埃文蒂乌斯、多纳图斯一样生活于公元四世纪。据说他出生于罗马帝国埃及行省著名的亚历山大里亚城中一个基督徒家庭,自幼受到良好的教育并展现出卓越的才华,被推选为亚历山大里亚主教时年仅二十七岁,此后在该职任上服侍长达四十五年,成为早期基督教会批判阿里乌派(Arians)异端、确立三位一体正统教义的中流砥柱。

亚历山大里亚城始建于公元前四世纪,是希腊化时期环地中海地区最为光辉灿烂的文化中心,公元二世纪后成为基督教思想重镇,是基督教释经学的主要发源地。早在公元前后,生活于该城的犹太思想家斐洛首创"寓意解经法",以希腊哲学、特别是柏拉图主义和斯多亚主义的理论框架和术语解读犹太教经典。这一释经方法对后世的基督教释经学产生了深远的影响。大约两个世纪以后,同样出生于亚历山大里亚的基督教教父神学家奥利金堪称完美地继承和发扬了这一释经方法,留下了大量释经学著作,其中就有对《诗篇》的解释。作为同乡后学,阿塔纳修斯在释经学上的整体成就似不如斐洛和奥利金那般丰厚,但他的这篇诠释《诗篇》的作品既深得"寓意解经"之精髓,又在一定程度上突破了亚历山大里亚的释经学传统,从文学性角度拓展了圣经在信仰生活中的另一重独特价值。

《诗篇》是希伯来圣经中的重要经卷,共包含可用音乐伴唱的诗歌150首,供民众敬拜耶和华上帝时咏唱。《诗篇》的内容多为对上帝的赞美以及人在各种境遇中对上帝的祈祷、忏悔、盼望、赞颂和呼唤,是古代以色列人灵性生活的记录。不过在阿塔纳修斯之前或同时代的教父思想家们留下的释经学名篇中,阐释《诗篇》者并不多见,这是因为教父们释经的目的多在确立信仰传统、辨析正统教义,"摩西五经"、《新约》福音书等才是释经家们最为关注的篇章;在圣书集中,《雅歌》也比《诗篇》更受青睐,前者所歌咏的情爱被阐释为人与上帝之间的爱,成为基督教神秘主义神学的典型进路。阿塔纳修斯此信所寄对象是一位正在经受信仰考验的基督徒,这或许是他选择阐释《诗篇》的理由:在特殊境遇中坚定对上帝的信仰。

阿塔纳修斯对《诗篇》的阐释综合了亚历山大里亚释经学传统的诸多因素,但他的独到之处在于:他清楚地认识到《诗篇》的文学属性及其在信仰语境中的独特价值。他说:"阅读《诗篇》的人会带着崇敬与爱慕之情经历一次关于主的预言,……就好像正在唱着的是他自己的歌曲。"这是因为《诗篇》作为诗,就其内容而言是抒情性而非叙事性的,表达的是个体内心的情感而非圣人先祖的伟业,因而更容易与普通信徒产生情感的共鸣与代入感;就其形式而言,《诗篇》的语言具有形象性和音乐性,它"就像一面镜子",可以让读者"借此洞察他自己以及灵魂的情感",同时,它"能成为灵魂中精神和谐的象征"。正因为对《诗篇》的文学性有如此认识,阿塔纳修斯才会如此笃定地告诉他的读者:"如果你希望祝福某人的话,你可以去看……;如果你正遭受自己人的迫害,有许许多多的人起来反抗你，那么你应该去看……”总之，基督徒在不同的人生境遇中都可以通过阅读《诗篇》来找到“美德和信仰的真谛”。

从文学作品中读出道德训诫是古已有之的批评方法，就此而言，基督教释经学本身亦是古老的讽喻批评传统的一部分。然而重要的是，在作为“基督教世代”的漫长的中世纪，阿塔纳修斯所展现的这种阅读和理解圣经的方式为万千基督徒所实践，成为信仰植根于个体心灵的最坚固的纽带。

本文选自 Athanasius 著，Robert C. Gregg 译，*The life of Antony and the Letter to Marcellinus*，Paulist Press，1980。

亲爱的马尔克林努斯（Marcellinus），我对你在耶稣基督面前的表现十分惊讶。实际上，你已经成功地经受住了目前的艰难考验，虽然在此之中你已遭受了很多苦难，但你并未漠视原则。因为当我从送信者那里打听到你是如何在持续的病痛中坚持不懈，我便知道了你对整部《圣经》持有好学的态度，但你最常阅读的是其中的《诗篇》，并且力图去领悟每一首圣歌所蕴含的涵义。基于此，我十分赞赏你，因为我对《诗篇》也同样充满了喜爱——就像我对整部《圣经》的喜爱一样。事实上，出于一次偶然的机会，我曾与一位学识渊博的老者有过一次谈话，现在，我希望把这位老者告诉我的一些关于《诗篇》的看法转述给你，因为他的论述不仅合乎道理，还蕴含有某种魅力和说服力。他是这样说的：

我的孩子，如经上所记，我们所有的经文——无论旧的还是新的——都由上帝所默示，并于教训有益（《提摩太后书》3:16）。但是对于那些虔诚的信徒而言，诗篇具有某种特定且迷人的精确性。每部圣书都会提出并宣扬自身的应许。例如《摩西五经》前两卷讲述的就是世界的起源和先祖的事迹，包括以色列人出埃及和律法的颁布；后三卷叙述的是土地的所有、士师的功绩，以及大卫王的世系。《历代志》和《列王纪》详细叙述了统治者的故事。《以斯拉记》描述了人民的解放和回归，以及圣殿和城市的建立。《先知书》包括对上帝旅居世间的预示、神谕的告诫、对违规者的申斥和对外邦人的预言。但是《诗篇》像一座包括所有这些内容的花园，它为这些内容配上音乐，同时也在音乐中展示出自己的东西。

《诗篇》的第 18 篇这样吟唱《创世记》中的事件："诸天述说神的荣耀，穹苍传扬他的手段。"(《诗篇》19:1－2)①第 23 篇也说道："地和其中所充满的，世界和住在其间的，都属耶和华。他把地建立在海上。"(《诗篇》24:1－2)第 77 和 113 篇则十分优美地吟唱着《出埃及记》《民数记》和《申命记》的主题："以色列出了埃及，雅各家离开说异言之民。那时犹大为主的圣所，以色列为他所治理的国度。"(《诗篇》114:1－2)《诗篇》第 104 篇歌颂了同样的事情："他打发他的仆人摩西和他所拣选的亚伦，在敌人中间显他的神迹，在含地显他的奇事。他命黑暗，就有黑暗。没有违背他话的。他叫埃及的水变为血，叫他们的鱼死了。在他们的地上以及王宫的内室，青蛙多多滋生。他说一声，苍蝇就成群而来，并有虱子进入他们四境。"(《诗篇》105:26－31)我们还可以发现，这一篇和第 105 篇写的是相同的事情。第 28 篇是有关祭司和"走出会幕"的，其中写道："神的众子啊，你们要将荣耀能力归给耶和华，归给耶和华。要将耶

① [译注]由于版本差异，此文中所引圣经篇章序号或部分字句与和合本稍有出入。考虑到中文学界的通行做法，本译文尽量采用和合本译法，并在文后括号中标注出中文和合本圣经的篇章序号。下同。

和华的名所当得的荣耀归给他。”(《诗篇》29:1 –2)

关于约书亚和士师的事迹在第106篇得到了一定的展现:“好建造可住的城邑,又种田地,栽葡萄园。”(《诗篇》107:36 –37)因为应许之地是给约书亚人的。在同一诗篇里还重复说道:“于是,他们在苦难中哀求耶和华,他从他们的祸患中拯救他们。”(《诗篇》107:13)这预示了《士师记》的产生。当人们哭天喊地的时候,他就会谋划着在适当的时候培育出士师来拯救人们。无疑,在第19篇即国王的故事当中写道:“有人靠车,有人靠马。但我们要提到耶和华我们神的名。他们都屈身仆倒,我们却起来,立得正直。求耶和华施行拯救;我们呼求的时候,愿王应允我们。”(《诗篇》20:7 –9)第125篇记述了《以斯拉记》中的事件:“当耶和华将那些被掳的带回锡安的时候,我们好像作梦的人。”(《诗篇》126:1)第121篇也写着:“人对我说,我们往耶和华的殿去,我就欢喜。耶路撒冷啊,我们的脚站在你的门内。耶路撒冷被建造,如同连络整齐的一座城。众支派,就是耶和华的支派,上那里去,按以色列的常例(或作‘作以色列的证据’)称赞耶和华的名。”(《诗篇》122:1 –4)

几乎每一首赞美诗都在颂扬《先知书》的宣告,即救主即将降临,并且作为上帝旅居之所,比如第49篇说道:“我们的神要来,决不闭口。”(《诗篇》50:3)第117篇也写道:“奉耶和华名来的是应当称颂的! 我们从耶和华的殿中为你们祝福。耶和华是神。他光照了我们。”(《诗篇》118:26 –27)这也是圣父之言。第106篇中写着:“他发命医治他们,救他们脱离死亡。”(《诗篇》107:20)这个发布箴言、即将到来的人就是我们的主自身,因为《诗篇》知道,道是上帝之子,它在第44篇吟唱了圣父所说的话:“我心里涌出美辞。”(《诗篇》45:1)第109篇又再一次说道:“在黎明你出生之前我已成了他的父亲。”①有人会问，圣父的后代除了道和智慧，还有其他吗？因为《圣经》记载了圣父对这个人说“要有光、天空和万物”，书中还说：“诸天藉耶和华的命而造，万象藉他口中的气而成。”（《诗篇》33:6）

耶稣基督就是那个即将到来的人，实际上，在第44篇中特别写到了关于耶稣的一些事情：“神啊，你的宝座是永永远远的，你的国权是正直的。你喜爱公义，恨恶罪恶。所以神，就是你的神，用喜乐油膏你，胜过膏你的同伴。”（《诗篇》45:6－7）免得有人以为他徒有其表。显然，这个与神同样的人会变成人类，并且通过他，万物得以产生，正如《诗篇》第86篇所言：“论到锡安必说，这一个那一个都生在其中。而且至高者必亲自坚立这城。”②（《诗篇》87:5）这也就相当于说：“道就是神，万物是藉着他造的，道成了肉身。”（《约翰福音》1:1，1:3，1:14）由于圣子生自童贞女已为人知，《诗篇》也不再保持沉默，而是立即在第44篇里给出了一些清晰的表述：“女子啊，你要听，要想，要侧耳而听。不要记念你的民和你的父家。王就羡慕你的美貌。”（《诗篇》45:10－11）这与加百利所说的相似：“万岁！天之骄子，上帝必与你同在！”（《历代记下》15:2）实际上，这已经说明了他就是耶稣基督，“女子啊，你要听”这样的话使人们知道他由圣母所生。注意加百利是直呼马利亚其名的，因为他的起源与马利亚不同，而《诗篇》的作者大卫恰当地称呼马利亚为“女儿”，因为她恰好是他的后裔。

---

① ［译注］这句在圣经中没有找到原文。类似的是《诗篇》第2篇中：“耶和华曾对我说，你是我的儿子，我今日生你。”（2:7）

② ［译注］此句原文与今译版圣经差异较大，原文：The mother of Sion ……

我们已经说过他将降身为人,《诗篇》之后也指出了他属于肉体的可能性。因此,我们注意到一部分犹太人有一个计划,《诗篇》第2篇中是这样说的:“外邦为什么争闹?万民为什么谋算虚妄的事?世上的君王一齐起来,臣宰一同商议,要敌挡耶和华并他的受膏者。”(《诗篇》2:1－2)第21篇借救主耶稣之口表达了死亡观:“……你将我安置在死地的尘土中。犬类围着我。恶党环绕我。他们扎了我的手,我的脚。我的骨头,我都能数过。他们瞪着眼看我。他们分我的外衣,为我的里衣拈阄。”(《诗篇》22:15－18)当说到刺穿手足时,除了十字架它还能意味着什么呢?在讲述完所有这些事情之后,《诗篇》又告诉我们,主不是因为自己的过错而受难,而是替我们受难。在第87篇中主亲口说道:“你的忿怒重压我身。”(《诗篇》88:7)在第68篇也说:“我没有抢夺的,要叫我偿还。”(《诗篇》69:4)虽然耶稣不应为任何罪责负责,然而他却死了——为我们而死,由于我们的罪过,他独自承受了愤怒,就像《以赛亚书》中所写,“他承受了我们的过失”,①这在《诗篇》第137篇里说得也很清楚,“主将以我的名义补偿他们”;②第71篇中也说:“他必拯救穷乏之辈,压碎那欺压人的……因为穷乏人呼求的时候,他要搭救,没有人帮助的困苦人,他也要搭救。”(《诗篇》72:4,12)

据此有人预言,他的肉体已升天,《诗篇》第23篇也说:“众城门哪,你们要抬起头来。永久的门户,你们要被举起。那荣耀的王将要进来。”(《诗篇》24:7)在第46篇也有:“神上升,有喊声相送。

---

① [译注]未找到完全对应的句子:“Surely he has borne our infirmities, and carried our diseases.”(《以赛亚书》53:4, 53:5)

② [译注]圣经中未找到相似文本,最相近的是“耶和华必成全关乎我的事(The Lord will fulfill his purpose for me)。”(《诗篇》138:8)

耶和华上升,有角声相送。”它宣告坐在主右边的,在《诗篇》第109篇中提到:“耶和华对我主说,你坐在我的右边,等我使你仇敌作你的脚凳。”(《诗篇》110:1)在第9篇疾呼了主摧毁恶魔的情景:“你坐在宝座上,按公义审判。你曾斥责外邦。你曾灭绝恶人。”(《诗篇》9:4-5)《诗篇》甚至没有隐瞒他所行使的审判的权力全部来自上帝,但第71篇说明了他作为所有人的审判者即将到来:“神啊,求你将判断的权柄赐给王,将公义赐给王的儿子。他要按公义审判你的民,按公平审判你的困苦人。”(《诗篇》72:1-2)第49篇继续说道:“他招呼上天下地,为要审判他的民……诸天必表明他的公义。因为神是施行审判的。”(《诗篇》50:4,6)在第81篇我们读到:“神站在有权力者的会中,在诸神中行审判。”(《诗篇》82:1)这一篇也有关于神呼召万民的情节——许多诗篇都谈到呼召,但第46篇是写得最好的:“万民哪,你们都要拍掌。要用夸胜的声音向神呼喊。”(《诗篇》47:1)第71篇也有类似的描述:“住在旷野的,必在他面前下拜。他的仇敌,必要舔土。他施和海岛的王要进贡。示巴和西巴的王要献礼物。诸王都要叩拜他,万国都要侍奉他。”(《诗篇》72:9-11)这些事情在《诗篇》中得到了颂扬,同时也在《圣经》其余每一卷中得到预言。

不容忽视的是,那位老者会说:在《圣经》的每一卷中,同样的事情会得到特别的宣告。这在所有经卷中都有记录,都得到了圣灵同样的认定。实际上,正如我们极有可能发现这本书与其他书相同的地方,我们也常常会在其他书中找到与此书相似的内容。例如,摩西写了首颂词,以赛亚在吟唱颂词,而哈巴谷在用颂词祈祷。此外,我们在每本书中都能找到预言、法律和故事。因为同样的圣灵遍及各处,而且在每一处依据不同情况而区别对待,无论是预言、法律、历史记录还是诗篇，都必须服务和满足于被赐予的恩典。因为它是唯一而同一的圣灵，所有的不同均来源于此，它在本性上乃是不可分割的——因为它是存在于每一个体之中的整体，取决于启示的服侍，以及既关乎所有偶尔也关乎个别的圣灵的特性。此外，根据被保留的需要，每一章都在圣灵充满之时服务于圣言。因此，正如我之前所说，摩西立法时，有时需要预言，有时需要歌颂，而且当先知们做出预言时，有时也会发布一些命令，比如"你们要洗濯，自洁"(《以赛亚书》1:16)，"耶路撒冷啊，你当洗去心中的恶"(《耶利米书》4:14)。有时也会讲述历史，就像但以理讲述关于苏撒拿的故事，以赛亚讲述与拉伯沙基和西拿基立有关的事迹一样。这样一来，正如前文所说，那些在其他篇中用详细叙述的方法所记录的事件，在具有颂词特征的《诗篇》中，就会以其独有的方式得到吟诵。至少有些时候，《诗篇》还制定法令："当止住怒气，离弃忿怒。不要心怀不平，以致作恶。"(《诗篇》37:8)"要离恶行善，寻求和睦，一心追赶。"(《诗篇》34:14)就像上文提到过的，《诗篇》有时也会记述以色列人的旅程，也会预言一些关于救世主的事情。

让所有的事物都共同享有圣灵的恩泽，这种恩典万物皆有，每当有事物需要或者圣灵想要提供帮助的时候它就会出现。圣灵在这种需求中的多少并无分别，因为每个需求都在极力使自己的服侍达到完美。

即便如此，《诗篇》还是有其独有的魅力，以及一种在表达上特有的严密。因为它除了与其他书卷的相同点外，还拥有自己的奇妙之处——换句话说，它甚至包含了每个灵魂的情感，对于自身可说明和可调整的东西它都会有所改变和更正。因此书中写道，任何想要改善自身的人都希望可以不断地从它这里得到并理解一些东西。

因为在其他书目中，我们只能听到一个人必须做什么和不该做什么，例如一个人聆听先知的话纯粹是为了获得关于将要来临的救世主的知识，又如一个人将自己的注意力转向历史，在此基础上他可以了解到国王和圣徒的种种事迹；但是在《诗篇》中，我们除了可以了解上面所说的事情外，还可以领会到这些事情的内涵，并且学习了解灵魂的情感。因此，《诗篇》会影响到个人并使其受到制约。

此外，我们还可以从字词当中获得生动的形象。《诗篇》不仅教会我们不要抛弃热情，还教给我们如何通过言谈举止唤醒热情。在其他书中，必然会有禁止邪恶这样劝阻性的字眼，但《诗篇》规定人们如何戒除邪恶。这是一种悔改的命令——因为悔改意味着停止犯错。《诗篇》也规定了如何忏悔以及忏悔时必须说什么。此外，使徒曾经说过："在灵魂之中，患难生忍耐，忍耐生老练。老练生盼望，盼望不至于羞耻。"（《罗马书》5:4）《诗篇》写了一个人如何忍受磨难，安慰一个正在遭受苦难的人应该说些什么，在苦难之后又该说些什么，人们是如何通过考验的，以及那些渴望靠近主的人会说些什么。

另外，我们也被要求在任何情况下都应该表达谢意，但《诗篇》教给我们在表达感谢时应该说些什么话。我们从别处听到，许多想要过一种虔诚的信仰生活的人将要受到迫害，我们从中学习到，逃跑的时候应该如何呼唤主，受迫害或即将受迫害的时候需要向主说些什么。我们被要求祝福主，承认主。但《诗篇》指导我们如何赞美主，以及通过说什么样的话恰当地表达我们对主的信仰。每个人都会找到属于自身、能够平和地表达自我感情的神圣颂诗。

《诗篇》还有一件让人惊讶的事情。在其他经文中，那些读懂了神圣者所言，或神圣者针对特定人群之所当言的人们，会把这些与先祖们写下的事联系起来。同样,他们把自己当作局外人而不是文章中提到的那些人,这使得他们只是出于仰慕而效仿那些人的行为,他们在一定程度上对那些人感到惊奇,并想要努力追赶。然而相比之下,阅读《诗篇》的人会带着崇敬与爱慕之情经历一次关于主的预言,正如阅读《圣经》其他篇目时所习惯的那样,他会认为《诗篇》就像自己说出的话。一个深受感动的听众,就感觉好像他自己正在言说;一个被歌词深深感染的听众,就好像正在唱着的是他自己的歌曲。正如那蒙福的使徒所说的,为了清晰地表达,我们要毫不犹豫地重复他们说过的事情。大多数诗篇都来源于祖先,大多数的话都是由他们说的。一般是摩西问,上帝答。迦密山上的以利亚和伊莉莎也是如此,他们会呼唤主,会说:"我指着所侍奉永生的耶和华起誓。"(《列王纪下》5:16)《先知书》中最重要的部分就是关于主的内容。此后,不管是外邦人还是以色列人都有许多事情要去做。

然而,没有人会把祖先的诗当作自己的,也没有人胆敢模仿和使用摩西自己的话;对于亚伯拉罕的奴仆和以实玛利以及伟大的以撒的事情,即使是出于同样的需要而不得不利用,也没有人敢冒失地把这些话当作自己的语言。如果有人同情那些正在遭受苦难的人,并且有时还期待更加美好的东西,他永远不会像摩西这样说话:"请将你自己显明给我!倘或你肯赦免他们的罪——不然,求你从你所写的册上涂抹我的名。"(《出埃及记》32:32)但是把《先知书》当作自己的话的人,他们做了先知们曾指责或赞美过的类似的行为,但现在没有人来指责或赞美他们,也不会有人来进行模仿,就好像他是说"我指着所侍奉永生的耶和华起誓"(《列王纪下》5:16)这句话的那个人。实际上,显而易见的是,读书的人并没有将书中的内容当作与自我有关的东西来表述，而是认为那些是圣人或其他重要的人的言辞。

相反，引人注意的是，在关于救世主和邦国的预言之后，那吟诵《诗篇》的人好像是在用自己的话来朗诵，他吟唱的时候就好像这些诗篇写的是他自己的事迹，他接受并吟诵这些诗篇，就好像这诗篇不是他人所说，也不像在描写他人之事。他在朗诵这些诗篇的时候就像在讲述自身的故事。这些故事讲的是他把这些赞美诗呈送到上帝面前，就像这些诗篇是出自他之手一样。与祖先们、摩西或者其他先知言说的方式不同，他对此非常谨慎认真，但吟诵诗篇的时候格外自信，就像这些都是由他所作，讲的是自己的事情一样。《诗篇》既能理解遵守诫命的人，也能包容违反戒条的人，以及各自的行为。对每个人来说，让《诗篇》对其有所约束是必要的，不管是律法的维护者还是违反者，他们所说的话都来自它。

在我看来，对于这些吟唱赞美诗的人而言，这些言语就像一面镜子，他可以借此洞察他自己以及灵魂的情感，并因此受到影响。事实上，听到正在被朗诵的诗篇的人，会觉得这首诗歌好像在描写他自己的事情。当一个人因此受到良心的谴责，被深深打动，他就会忏悔自己的罪恶。或者从所听到的诗篇中感受到来自上帝的希望以及虔敬信仰者的帮助——即这种恩典是如何为他而存在的——他就会欣喜不已，开始感谢上帝。因此，当听到有人吟诵第3首赞美诗的时候，他就会意识到自己的苦难，他会认为这首诗是为他而作。当听到有人朗诵第11和16首赞美诗的时候，他就会想到他是如何作了一个关于自我的信心和祈祷的声明，以及在听第50篇的时候，他就会想到如何使用恰当的语言进行忏悔。当有人吟唱第53、55、56和141首赞美诗的时候，他想到的不是他人如何受到迫害,而是把自己当作诗中受到迫害的人从而受到影响。他把这些诗篇当作自己的话语向上帝吟诵。因此,大体来看,每首赞美诗都是由圣灵吟诵和创作的,如前所述,在这些相同的话语中,我们灵魂的萌动被掌握着,这些诗篇的内容与我们息息相关,我们从中找到同样的问题作为我们自己的言语,这也是一种对情感的回忆及对生活的磨炼。吟诵诗篇的人认为,这些东西也可以是我们的示范和标准。

同样的恩泽来自救世主,他为了我们降世为人,并因此牺牲掉自己的身体,以便可以使所有人免于死亡。他渴望向我们展示他神圣和令人满意的生活,因此以自己为例。最终,因为有了保护的承诺,有些人就不易被敌人蒙骗——也就是说,他为了我们战胜了邪恶。事实上,由于这个原因,他不仅教导我们,而且身体力行,以便当他说话时我们每个人都能听到,仿佛我们看一个形象,从中获得行为的典范,并听他说:“学我的样式, 我心里柔和谦卑。”(《马太福音》11:29)在美德方面,我们不可能找到比上帝在他自身之中所表现出来的更完美的指令,因为不管是对邪恶的忍耐,对人类的爱、善良、勇气、同情还是对正义的追求,我们会发现,所有这些品质都集于上帝一身。这个将人类的生命看作自己生命的上帝,在美德方面完美无缺。

认识到这个之后,保罗说道:“你们该效法我,像我效法基督一样。”(《哥林多前书》11:1)希腊的这些立法者只要一开始演讲,就拥有了恩泽,但主啊,所有人真正的主,关心一切的主啊,他表现了正直的行为,他不但制定法律,而且身体力行,为那些想要了解行为力量的人做出榜样。实际上,就是因为这个,在他到达我们中间之前,他一直在《诗篇》中重复着这件事。正因为他已为尘世和天堂的人们做出表率,他想要做同样事情的人可以从《诗篇》中了解到灵魂的情感和性情,并在此找到适合每一种情感的治疗与纠正之法。

如果这点需要更有力地说明,我们会说,整部《圣经》是教授美德和信仰之真谛的老师,而《诗篇》在某种程度上是拥有灵魂生命历程的完美形象。当一个人来到一位国王面前,他的姿势和表情呈现出某种态度,唯恐说错话而被粗野地扔出去,因此,对于正在进行美德竞赛并想要了解救主的尘世生活的人来说,可以通过研读《诗篇》回忆起灵魂的情感,用这种方式还可以表现其他事情,也可以用这些内容教导读者。

为了首先能够在《诗篇》中仔细地观察这些,有一些诗采用叙述的方式,另一些由道德训诫构成,还有预言、祈祷和忏悔等形式。在《诗篇》中,采用叙述形式的是第18、43、48、49、72、76、88、89、106、113、126和136各篇。采用祷告文形式的是第16、67、89、101、131和141各篇。采用请愿书、祷告文和祈求文混合形式的是第5、6、7、11、12、15、24、27、30、34、37、42、53、54、55、56、58、59、60、63、82、85、87、137、139和142篇各篇。用呼吁和感恩方式写成的是第138篇。只采用请愿书形式写成的有第3、25、68、69、70、73、78、108、122、129和130篇各篇。用忏悔体写的有第9、74、105、106、117和137各篇。既有忏悔又有叙述,还带有赞辞的是第110篇。带有劝诫特征的是第36篇。包含预言的诗篇有第20、21、44、46和75篇。在第109篇里,除了预言还有布告。表达敦促和规定的是第28、32、80、94、95、96、97、102、103和113各篇。第149篇包括劝诫和赞歌两方面的内容。表达赞美的诗篇是第90、112、116、134、144、145、146、148和150各篇。表达感恩的颂歌有第8、9、17、33、45、62、76、

84、114、115、120、121、123、125、128 和 143 各篇。宣告对蒙福者的应许的是第 1、31、40、118 和 127 各篇。另一篇以赞歌形式展现神圣的预备的是第 107 篇。第 80 篇勉励人们学会勇敢。对不虔诚者以及犯罪者提出指责的是第 2、13、35、51 和 52 各篇。第 4 篇是关于祈祷的。还有其他向主提出恳求的诗篇,如第 19 和 63 篇。还有一些是赞颂主的,这些是第 22、26、38、39、41、61、75、83、96、98 和 151 各篇。唤起人的羞耻之心的是第 57 和 81 篇。第 47 和 64 篇写的是圣歌中的一些词句。第 65 篇是表达狂喜的一篇诗歌,讲耶稣复活的事情。第 99 篇则仅表达狂喜之情。

因此,由于《诗篇》是这样编排的,读者(如我先前所言)就有可能在每一首诗中发现适合于他们灵魂的激动与平静,就像他们可以发现与每个人相关的类型与教导一样。同样,一个人说什么可以使主满意,通过哪种表达方式可以使自己改过自新并表达对主的感谢,这些都可以习得。所有这些是为了防止某人出言不逊而对主不敬。为此我们有义务向那位法官大人开具一个账单,不仅是因为我们的行为,也因为那些虚浮的说辞。

此外,如果你希望祝福某人,你可以去看看第 1、31、40、111、118 和 127 篇,从中学习如何祝福,以谁的名义,以及在祝福时应该说些什么话。如果你想要指责犹太人对耶稣的背信弃义,那么你应该去看第 2 篇。如果你正遭受自己人的迫害,有许许多多的人起来反抗你,那么你应该去看看第 3 篇。如果你正在以这种方式受到折磨,而向主祈求帮助,并且主帮助了你,你想向主传达谢意,你可以吟诵第 4、74 和 114 篇。不论何时,你发现有恶人给你设置圈套,你希望主能倾听你的祈祷,那你应该在清晨吟诵第 5 篇。当你察觉到一个来自上帝的威胁,你应该知道你正在受其困扰,你可以去看看第 6

和37篇。即使有人反对你的意见，就像亚希多弗反对大卫那样，并且有人向你告知了此事，你也应该将你的信心建立在保护着你的主之上，去吟诵第7篇。

当你注意到随处可见的主的恩泽以及被拯救的人类，如果你想要感谢主，可以向主吟唱第8篇。另外，如果你想歌颂美酒，表达对主的谢意，可以去看看第8和83篇。为了纪念打败敌军和对创造的保存，不是自吹自擂，而是知悉完成这一切的圣子，你应该吟诵为其而作的第9篇。不论何时，当有人想要激怒你，你要在上帝的旨意下克制自己的冒失，可以去看看第10篇。当你看到人们的傲慢以及由此产生的罪恶，就会知道对于人们来说没有什么是神圣的，你应该向主奔去以寻求庇护，吟诵第11篇。如果你的敌人长期欺诈你，你就不能不注意到这些，就像一个被主遗忘的人却仍在向主祈求一样，你应该去诵读第12篇。当你听到有人亵渎主的旨意，不要与他们一样无视宗教，而应该去吟唱第13和52篇，向上帝祈求。并且，如果你想了解天堂里的人是什么样的，你应该去看看第14篇。

假如说你需要一段祈祷文，因为有人反对你，并且困住了你的灵魂，你可以去看看第16、85、87和140篇。若你想要了解摩西如何祷告，可以看看第89篇。如果你没有受到敌人的戕害，而是被迫害你的人释放，你应该吟唱第17篇。如果你惊异于造物的法则、天命的恩泽和《律法书》的神圣戒律，你应该去看第18和23篇。当你看到有人正遭受苦难，你应该通过祈祷和讲述第19篇内容的方式鼓励他们。你应该意识到你正在受上帝的指引而通往正确的道路，因此而欢欣鼓舞，去吟唱第22篇。再者，让我们假设你已被敌军包围，然而，你的灵魂却向主飞去，你的对手则自铸大错，苦劳无获，你应吟诵第 24 篇。你的对手们仍在这里,除了血腥的双手别无他物,并且试图伤害甚至毁灭你,不要把对他们的审判托付给一个人(因为人类是值得怀疑的),只有上帝才可以称为审判者(因为只有上帝是公正的),关于此,你可以去看第 25、34 和 42 篇。如果敌人野蛮地攻击你,并且越来越多,还向你投来挑衅的目光,就好像你从未受到过主的恩泽一样——也就是因此他们才想要进行决斗——但你不要因害怕而对他们卑躬屈膝,可以去看看第 26 篇。因为人类本性脆弱,他们无耻地为你设下圈套,并为了不使你注意到他们而大声呼唤上帝,你可以看看第 27 篇。如果你想要向主表达谢意,想要了解该为主说些什么、做些什么,当你在精神上思考这些东西的时候,你可以看看第 28 篇。当你的寓所被祝圣——就是那被主接纳的灵魂和你的肉身寄居其中的躯体——你要感谢上帝,去吟唱第 29 和 126 篇,这些都属于弥撒圣歌。

当你知道你因为真理而被朋友和亲人看不起甚至遭到迫害的时候,不要因此而放弃对他们或者对自己的关心,如果你发现你所熟悉的人开始和你敌对,不要感到惊慌,你应该远离他们,面对未来,吟唱第 30 篇。当你看到那些从腐朽中诞生的人们接受洗礼与救赎,你会对上帝给予人类的爱感到无限惊奇,请在这些人面前以第 31 篇表达你的赞美之情。如果你想把在生活中正直虔诚的人聚集起来,在他们中间大声吟唱,你可以看看第 32 篇。如果你偶遇敌人,并且机智地从他们的魔掌中逃脱,避开了他们的背叛,这时候你想表达感激之情以鼓舞那些绅士的话,你可以在他们面前吟诵第 33 篇。你应该观察那些违背《律法书》的人对邪恶的热情,不要认为邪恶是他们的本性,这只是异教徒的论断。但在第 36 篇中,你将看到他们要为自己的罪行负责。如果你看到有轻贱的人在做很多不法之事,并且在谦卑的人面前鼓吹自己,你想劝说大家不要为那些人服务,也不要去模仿他们的行为——因为他们很快就消失不见——你应该为自己和其他人吟诵第 36 篇。

当你打算注意到自己的时候,如果你看到敌人的攻击(在这个时候他尤其反对这样的人了),想要增强自我以应对这样的争斗,你可以去看看第 38 篇。如果敌人开始攻击你,而你想要面对审讯毫不退缩,并渴望了解隐忍的好处,你可以看看第 39 篇。当你看到许多贫困落魄的人们,想要宽厚仁慈地对待他们,正如第 40 篇所讲,你既要赞许那些有恻隐之心而有所行动的人们,也要鼓励他人亦行此善举。要对上帝有巨大的渴望,当你听到敌人对你的咒骂,不要受他们的困扰,只要知道那来自渴望的不朽的果实,因寄托于上帝之中的希望而使你的灵魂欢呼雀跃。第 41 篇说到,在那希望之中,我们可以支撑和抚慰(生命中)灵魂的悲痛。希望人们可以不断地记起上帝为先人们所做的那些仁慈的事情,以及关于出埃及和在荒野中流浪的时光,还有上帝是多么仁慈而人类是多么不知感恩,所有关于这些你都可以去看第 43、77、88、104、105、106 和 113 篇。你向主飞升并免于苦难的困扰,如果你因此想要向主表达谢意并详细叙述发生在你身上的好事,你可以看看第 45 篇。

但若你犯了错,感到羞愧,对自己的所作所为感到懊悔,希望得到宽恕,可以看看第 50 篇中关于忏悔和悔改的言语。即使你受到来自邪恶统治者的诽谤,并且看到造谣中伤者自吹自擂,你要远离那个地方,并吟诵描述了同样事情的第 51 篇。当你被追捕,某人诽谤你,想要将你送上审判台,就像西弗人和外来者对大卫做的那样,你不要屈服消沉,而是要对主充满信心,并且为主唱赞歌,吟诵第 53 和 55 篇。即使追捕者赶上了你,无意间走进了你藏身的洞穴,你也不要恐惧畏缩,因为你的记忆里一定铭刻有第 56 和 114 篇的鼓励之词。有人谋划并下令将你的房子置于监视之下,你成功逃脱,向主表达谢意,并将此恩泽刻于你的灵魂之中,犹如刻在纪念碑上一样——因为这是对你幸免于难的事实的纪念——你可以去看看第 58 篇。如果那些折磨你的敌人大声辱骂你,以及那些表面上的朋友站出来指控你,你会暂时感到悲伤,然而仍能得到安慰,你要赞美主,可以去吟诵第 54 篇。为了反对那些故作姿态、自吹自擂的人,你可以吟诵第 57 篇——为了他们的耻辱。但是为了对抗那些野蛮地冲向你,想要抓住你灵魂的人,你要服从上帝,勇敢面对。敌人越愤怒,你越要顺从上帝,并吟诵第 61 篇的内容。假如你受到迫害并被迫逃到沙漠,不要害怕,你并非孤身一人,主在黎明到来之前都将与你同在,你可以吟诵第 62 篇的内容。当敌人吓到你的时候,他们会不停地为你设置埋伏,会继续搜捕你,不过即使他们人数众多,你也不要退让,因为当你吟诵第 63、64、69 和 70 篇的时候,"他们的伤口将由那些愚笨的孩子们的武器造成"。

当你想要用歌曲赞美上帝,可以吟诵第 64 篇。如果你想要向人们讲述耶稣复活的故事,应该去看看第 65 篇。当你恳求上帝的仁慈并赞美上帝,可以看看第 66 篇。当你看到不信神者生活富足而安宁,而虔信的人却遭受苦难、生活在沮丧之中,你应该去看看第 72 篇,以防你失足误入歧途。当神向人们发怒,你要用第 73 篇中严谨的话安慰人们。当你要为自己的罪恶忏悔,你可以吟诵第 9、74、91、104、105、106、107、110、117、135 和 137 篇。为了使希腊人和异教徒的观念蒙羞,因为上帝的知识不会存在于他们之中的任何一个人身上,只会存在于天主教会中,如果你是如此心意坚定,你可以吟唱第 75 篇。但是即使当敌人切断你的退路,你受到极大的压迫而陷入迷茫,也不要绝望,要向主祷告,当你的呼叫被主听到,你想要感谢主,可以去看看第 76 篇。当敌人冲进来进行攻击,并不断袭击,亵渎上帝的居所,残杀圣徒,把他们的身体丢向天堂里那些长着翅膀的天使,为了不让你自己恐惧畏缩,你要在他们的暴行面前同情那些遭受苦难的人,你可以背诵第 78 篇,并向上帝祈求祷告。

当你想要把主的仆人聚集在一起,并在节日赞美主的时候,你需要吟唱第 80 和 94 篇。另外,当敌人从四面八方聚拢过来,对上帝之家构成威胁,并联合起来反对真正的宗教,你要握有一个希望之锚,正如第 82 篇所说的那样,除非已经因为敌人庞大的数量和力量而消沉绝望。看看上帝之家和他永恒的帐幕吧,你当像使徒保罗所说的那样,对这些保有热情,第 83 篇也是这样说的。当怒火消退,囚禁解除,如果你想因此而感谢主,你可以看看第 84 和 125 篇。如果你想要知道与分裂者的信仰和行为相比,大公教会有哪些优势,进而去指责那些分裂者,你可以看看第 86 篇。如果你想要在正确的爱慕之下使自己变得勇敢,使他人变得自信,因为由主而来的希望不会带来羞耻,只会让灵魂更加无所畏惧,你可以用第 90 篇来赞美上帝。你希望在安息日创作美妙的音乐吗?那可以看看第 91 篇。

你想要在主日感谢主吗?可以看看第 23 篇。你想要在一周的第二天赞颂主吗?可以去吟诵第 47 篇。你想要在预备日颂扬主吗?可以看看第 92 篇的赞辞。实际上,当苦痛的考验发生时,主的房屋正在逐步建造,以抵抗想要攻击的敌人。由于这一胜利,我们应该运用第 92 篇向主吟唱赞歌;当你被囚禁时,这间房屋应该被摧毁然后重建,你应该吟唱第 95 篇。当勇士保卫领土,耶和华做王,我们因此而获享安宁,你想要因此而赞美主,可以看看第 96 篇。你想要在一周的第四天去吟诵吗？可以看看第 93 篇。在那个时候，主开始复仇，延续惩罚直至死亡，并且开始大胆地宣称自己。因此，当你读福音书的时候，你会看见犹太人在那一周的第四天商议要迫害主，当你察觉到主为了我们而在承受魔鬼的酷刑时公开说话，你要去吟诵记载着这一切的第 93 篇。另外，当你看到主对一切事物的天命与掌控，你希望去教导人们相信并服从主，并说服他们首先承认自己的信仰，你可以吟诵第 99 篇。在认识到主审判的能力以及他在做决定时用仁慈柔化审判之后，你想要靠近主，为达此目的，你可以去看第 100 篇。

因为我们的本性脆弱，所以，当你因生活的苦困而形如乞丐，在某些时刻感到精疲力竭并想要得到鼓励的时候，你可以去看看第 101 篇。因为对我们来说，在任何时候感谢上帝都是恰当的。当你想要颂扬上帝的时候，你必须敦促自己的灵魂向前迈进，你可以去阅读第 102 和 103 篇。你想要表达你的赞美之情吗？你想要了解如何以及何时有必要向何人表达这种感情，以及在赞美中适合说什么话吗？关于这些，你可以去看第 104、106、134、145、146、147、148、149 和 150 篇。如主所说，你们要有信心（Have your faith），当你祈祷的时候，你确实相信你口中正在讲的那些事情吗？去吟诵第 115 篇吧。你觉得你自己是始终向前进的人吗？就是那种“我忘了背后有什么，只是想着前方拼命迈进”的人？为了你的每一个进步，你可以去背诵弥撒圣歌集中的第 15 篇。

你曾被外来的思想所迷惑，后来意识到自己是被人引诱，然后你幡然悔悟，决定改过自新（尽管你还处在那些在你犯错时引诱你的人之中），现在你必须静静地坐着，说出你的悲伤，就像以色列人曾做的那样，去吟诵第 136 篇中的内容。当你视诱惑为主对你设置的考验，在考验之后如果你想向主表达谢意，你可以去看看第 138 篇。你可能会发现自己再次被敌人围攻，你想要被营救吗？可以去看看第 139 篇。你想要献上恳求与祈祷吗？可以去吟唱第 5 和 142 篇。当残暴的敌人反对人民和你，就像歌利亚反对大卫那样，你不要在恐惧中颤抖，你也必须像大卫那样充满信心，并吟唱第 143 篇。在惊叹主对一切造物都充满慈爱之余——这些影响到了你和其他人——如果你想要因此而赞美主，你可以吟诵大卫在第 144 篇中说的话。你想向主表达你的赞美吗？可以去看看第 92 和 95 篇。尽管这不太重要，如果你蒙选主宰你的兄弟们，不要在他们面前沾沾自喜，而是要将这些荣耀归因于选择了你的主，你可以吟诵专属大卫的第 151 篇。你想要去吟诵那些指明上帝是如何回答祷告的颂诗，可以去看看第 104、105、106、111、112、113、114、115、117、118、134、135、145、146、147、148、149 和 150 篇。

当你想要在私底下赞颂救主的事迹，你几乎可以在每首诗篇中找到相关内容，但你可以着重去看一下第 44 和 109 篇，其中显示了他从圣父处的真实降生及道成肉身。第 21 和 68 篇预言了神圣的十字架故事，主为了我们屈从于巨大背叛行为的事迹以及其他许多主曾遭遇过的事情；第 2 和 108 篇暗指犹太人的阴险与恶毒，以及加略人犹大的泄密行为；第 20、49 和 71 篇表现主的王权、作为审判者的权力、他以肉身出现在我们面前以及他对外帮人的呼召。第 15 篇叙述耶稣复活的事迹。第 23 和 46 篇述说耶稣升入天堂的故事，而阅读第 92、95、97 和 98 篇，你会思虑到主通过自己遭受磨难为我们带来的益处。

以上这些就是人类可以从《诗篇》中获得帮助的性质，如我早先所言，它包含这些诗篇自身特有的内容，更多的时候它还包含了我们的救主耶稣基督肉身在世的种种预言。为什么这些语句需要通过乐曲和旋律唱出来？不回避这一问题是十分重要的。对于我们之中一些头脑简单的人而言，尽管他们确实相信这些语句受到神圣的启示，然而考虑到声音的甜美悦耳，他们就会想象《诗篇》也是为了耳朵的愉悦而被渲染得更具音乐性。但事实并非如此。《圣经》不会考虑哪些是令人愉快的、吸引人的，而是要选择对灵魂有益的。

在众多考虑因素中有两个需要我们格外注意。首先，它既要适合于在神圣的经文中赞美上帝，而不仅仅是一段浓缩的演讲辞，还要有十分丰富宽广的语调；所有的事情要一气呵成；律法书、先知书、历史书还有《新约》都是这样。另一方面，表达要更为广泛；诗歌、颂歌和歌曲中的句子就要是这种类型，因为唯有如此，人类用其全部的力量热爱上帝的事实才会被保留下来。第二个因素是，就像许多支长笛演奏同一个声音的那种和谐一样，我们看到出现在灵魂里的不同活动，包括推理的能力，急切的欲望和饱满的热情，这些运动也来源于身体各部分的活动。这个因素旨在令人既不至于与自身不和谐，也不会使其离开他自身。所以，最好的东西来自推理，最无用的东西来自基于欲望的行为，就像彼拉多说“我查不出他有什么罪来”(《约翰福音》19:4)，但却达成了犹太人的目的。一个人，或者他不能做他渴望的最为普通的事情，像苏撒拿故事中的老人一样；或者他虽没有犯通奸罪，但却犯了盗窃罪；又或者没有犯盗窃罪而是去策划谋杀；又或者他没有犯谋杀罪，却亵渎了上帝。

为了不让这样的混乱发生在我们身上，正如使徒说的，理性想要以灵魂为指引——正如使徒所说，灵魂也占据了基督的心灵，通过它，理性可以成为激情的主人，可以掌控身体的各个部分，使它们顺从理性。于是,就像在音乐中有琴拨一样,人自己变成了一件乐器,把自己毫无保留地献给了圣灵,他全身的各个部位以及他的全部情感都会去服从、服侍于上帝的意志。优美地阅读《诗篇》就像一个比喻,是对我们不受侵扰、平和安宁的思想的写照。正如我们发现了灵魂的思想,并用我们创作出来的词句与它们交流,主希望这些词句的旋律能成为灵魂中精神和谐的象征,主已下令要用悠扬悦耳的旋律吟唱颂歌。灵魂的渴望就是——要漂亮地唱出,就像经书所写的那样:"有喜乐的呢,他就该歌颂。"(《雅各书》5:13)这样,当我们吟诵赞美诗"我的心哪,你为何忧闷,为何在我里面烦躁"(《诗篇》42:5)的时候,灵魂之中令人不安、粗野和混乱的东西就能因此被消除,那些造成痛苦的根源也得以治愈。造成障碍的原因也即将揭晓,如其所言:"至于我,我的脚几乎失闪。"(《诗篇》73:2)至于令其恐惧的事情,我们通过吟诵以下诗句,从其中蕴含的希望中获取力量:"有耶和华帮助我,我必不惧怕,人能把我怎么样呢?"(《诗篇》118:6)

那些不以这种方式吟诵圣歌(divine songs)的人是不明智的,他们给自己带来快乐,但也招致了责难,"因为赞美诗不适合从罪人的嘴中说出。"但是当他们用前面提到的方式去吟诵时,诗篇的旋律会从灵魂的有序与圣灵的和谐中产生。这些人不仅在用舌头吟唱,还在用灵魂吟诵,这不仅使他们自己获益匪浅,也对那些乐意听他们吟诵的人大有裨益。蒙福的大卫用这种方式为扫罗创作音乐,以使上帝欢愉,他从扫罗身上驱散了混乱而狂暴的性情,使他的灵魂归于平静。唱圣歌的神父会使人们的灵魂趋向安宁,使他们与来自天堂的合唱融为一体。因此,《诗篇》不是因为人们想要听悦耳的声音才要求运用和谐的旋律来吟诵,而是因为这是灵魂和谐反思的明确迹象。实际上,有韵律的阅读是心灵井然有序和宁静的象征。另外,用调好音的铙钹、竖琴和十弦瑟对主进行赞美是某些身体部位进入自然和谐状态——像竖琴的几根弦彼此协调配合一样——的一种比喻和标志,也是对灵魂的思想进入自然和谐状态——像铙钹彼此协调配合一样——的一种比喻和标志。通过那个巨大的声音、通过圣灵的指挥,所有的一切都被感动,都活了,就像人们所写的那样,“若靠着圣灵治死身体的恶行必要活着”(《罗马书》8:13)。由于如此美丽动听的赞美,他将韵律引入自己的灵魂之中,并指引着它,可以说,是把它从不和谐引向了和谐。因此,由于它固有的天性,它不会被什么东西吓倒,相反,它会想象一些积极的东西,甚至对未来的善充满期待。它通过吟唱赞美诗获得宁静,忘记了激情,但同时又很快乐,总是与基督的心灵保持一致,创造出最卓越的思想。

现在,我的孩子,对《诗篇》的每一个读者来说,全面而深入地阅读这一作品是非常有必要的,因为其内容是真正神圣的,从这些内容中获取好处就像从一个果园里的果实那里汲取营养一样,在这个果园里,只有当有需要的时候,主才会投下自己的目光。因为我相信,整个的人类存在——包括灵魂的倾向和思想的运动——已经被设计好了,并且包含在《诗篇》的话语之中。无一例外。至于是否有必要进行忏悔和自白,或者当有苦难和考验降临在我们头上,或者有人被迫害、遭暗算,又或者有人陷入深深的悲痛与心理混乱当中,并且遭受了我们刚才所说的那类事情,但他受到了保护,他要么会认为自己跑在前面、逃脱了敌人的魔爪,要么会想要去吟唱赞美诗来感谢主——不管何种情况,他都能在《诗篇》中获得指引。因此,让他在《诗篇》中选择在这些情况下发生的事情,并让他吟诵与自身情况相类似的篇目,以使自己受到这些诗篇的感染,并将它们奉献给主。

不要让任何人用渎神的、诱导性的措辞来放大《诗篇》的内容,也不要让试图改写甚至完全改变原文的词句。相反,要让他背诵和吟唱原文,不许施任何诡计,诗中所写之事恰如他们自己所说,为了让那些写作了这些诗篇的圣人们去分辨出哪篇诗是由他们所作,并能够加入祈祷,或者,在圣徒们当中说话的圣灵看到他们说着受他感动而来的诗句,就可能会帮助他们。因为圣人的生活比常人要好得多,所以他们的表达方式优于我们——如果有人愿意说实话的话——也比我们更为有力。他们因此而使上帝非常欣喜,当阅读这些诗篇的时候,就像使徒所说的那样:“制伏了敌国,行了公义,得了应许,堵了狮子的口。灭了烈火的猛势,脱了刀剑的锋刃,软弱变为刚强,争战显出勇敢,打退外邦的全军。有妇人得自己的死人复活,又有人忍受严刑,不肯苟且得释放,为要得着更美的复活。”(《希伯来书》11:33-35)

因此,即使现在我们还吟诵着和前人一样的诗篇,我们也应该满怀信心,因为上帝会很快注意到那些通过诗篇来祈愿的人。一个人在吟诵这些诗篇时,无论是否受到折磨,他都将此看成对自己的巨大鼓励;也无论当他吟唱诗篇时是否受到考验和困扰,他都认为这是值得的,他也会受到主的保护,而主一直在注视着那些原本讲这些话的人。在此之中,他将打败撒旦,驱散恶魔。如果他犯了罪,那么通过阅读诗篇,他就会责备自己并停止犯错;如果他没有犯错,他就会自认为自己是一个非常快乐的人。他努力向前,努力想要获得那种奖赏,就是当他以那种方式唱歌时可以变得更加坚强,并且永远不会在真理面前动摇,他甚至想要羞辱那些欺骗、抓住你、希望把你引入歧途的人。

但这个人不是中保,《圣经》才是,因为主命令摩西写出伟大的圣歌,并将圣歌教给人类,他还命令被确立为统治者的人去写作《申命记》,并让其手持此卷,永远服从于其中的教义,因为此卷中的内容既足以让心灵回忆起美德,也足够为那些真诚听从其中内容的人带来帮助。例如,在约书亚带领以色列人民进入应许之地的时候,他看到了敌人的战阵,以及所有为战争而来的亚摩利人领袖。面对敌人的营地和武力,他全心全意地吟诵《申命记》,并试图用《律法书》中的内容呼唤记忆,与此同时,他还用这些内容来武装人们,最终,他战胜了敌人。因此,当这卷书被发现,并且其中的内容广为流传的时候,约书亚不再害怕敌人。如果在某个时候这里发生战争,载有律法书册的方舟就会来到他们面前,为他们提供足以御敌的帮助,除非他和罪恶昭著的伪善者同流合污,这种情况在人们之中是很普遍的。对于他们来说,必须具备真诚可靠的性格,以便《律法书》发挥作用,支持通过祈祷所寻求的东西。

老者说:"实际上,我从聪明人那里听说,在很久以前的以色列,人们只通过吟诵《圣经》就赶走了恶魔,使其调转矛头转而攻击那些背信弃义的人。"因此,他说那些离弃他们的人应受到判决,字斟句酌意味着以异教徒的风格写作会更具魅力,将自己命名为驱魔人就是运用了这种方式。他们太过沉溺于玩乐,暴露自己的愚行以供恶魔取乐。当犹太人——也就是士基瓦的子孙——尝试用这种方法去驱赶恶魔的时候,他们经历了何等的艰难!当听到这些人讲述这些事情,恶魔们开始了与这些犹太人的竞赛,但他们害怕圣徒的话,甚至到了难以忍受的地步。因为主存在于《圣经》的字里行间,所以他们很难面对主,他们大声疾呼"时候未到,求你不要叫我受苦",因为一看见出现在眼前的主,他们就会烟消云散。所以保罗命令所有不洁的灵魂,以及其他类似的恶魔般的东西都要听命于耶稣的门徒。上帝之手抚慰先知以利沙,他曾为解三王缺水之困而求问上帝,当时他吟唱祈祷的内容与上帝的要求相一致。

所以现在也是这样,如果有人关心那些受苦的人,他就会重述发生在自己身上的事情,也会更多地为受苦者着想,同时他还显示自己对主真诚而坚定不移的信仰,因为是上帝为那些需要帮助的人提供了最全面的救助。一位圣人知道后,在第118篇中写道:"我要默想你的训词,我不忘记你的话。"(《诗篇》119:15-16)又说道:"我在世寄居,素来以你的律例为诗歌。"(《诗篇》119:54)那些获得过救助的人说:"我若不是喜爱你的律法,早就在苦难中灭绝了。"(《诗篇》119:92)也正是出于这个原因,保罗用这些东西使其门徒意志更加坚定,他说道:"这些事你要殷勤去作,并要在此专心,使众人看出你的长进来。"(《提摩太前书》4:15)以理智的方式实践并背诵《诗篇》,你也能够在圣灵的引导下理解每一篇的涵义。这就是讲这些话的那位神圣的敬神者所拥有的生活,也是你要模仿的生活。

维吉尔作品的道德哲学注释

——致语法学家卡尔西第乌

富尔根蒂尤(Fabius Planciades Fulgentius)

[编译者按]富尔根蒂尤(468—533)是一位杰出的早期基督教教父,以罗马北非地区拜占庭行省(Province of Byzacene)如斯佩城主教(Bishop of Ruspe)之身份闻名于世。他天资聪颖,兼通希腊和拉丁语文,据称幼时即能全文背诵《荷马史诗》。这大概就是我们今天能够读到他的这篇《维吉尔作品的道德哲学注释》的原因。据考,作为公元六世纪欧洲最重要的神学家之一、罗马天主教会圣徒,富尔根蒂尤写作有相当数量的教义学、护教学著作和布道文,然而遗憾的是,本文是他唯一的传世之作。

作为古罗马最重要的典范诗人,维吉尔一直是批评家们的宠儿,尤其是在古典主义晚期,“阅读诗人”成为罗马学校拉丁语法学课程的常规内容之后。公元四世纪的拉丁语法学家塞尔维乌斯和多纳图斯、公元五世纪的哲学家和语法学家**马克罗比乌斯**(Ambrosius Theodosius Macrobius)都曾注释维吉尔史诗《埃涅阿斯纪》(*Aeneid*)。即使在罗马城沦陷于蛮族之手以后,在所谓“黑暗时代”里回望古代文明之光的基督徒思想家们仍然对维吉尔念念不忘,富尔根蒂尤的注释就是明证。更重要的是,这篇注释突破了前述诸位注家从修辞学角度注释维吉尔作品的传统做法——侧重于注解生词,分析史诗的结构、叙事策略和修辞手段等——转而试图从该作品的故事面纱下解析出一整套符合基督教教义的伦理道德体系，正如《对维吉尔作品的道德哲学注释》这一标题所示。这种批评方法正是渊源于柏拉图主义、在整个古典时代均有影响的寓意批评。

为了增加批评阐释的可信度和权威性，富尔根蒂尤创造性地将诗人本人请进文中来，借诗人之口来揭示《埃涅阿斯纪》的深层寓意，即“通过一种历史的隐喻，展示了人类生活的全部历程，包括：第一，天赋；第二，学识；第三，成功”。按照这一思路，富尔根蒂尤将《埃涅阿斯纪》的全部情节解释为人类生命从诞生、成长直到死亡的全过程，并着重强调人生每一阶段正确的伦理状态和抉择。值得注意的是，富尔根蒂尤并没有明显地套用基督教伦理教条，但我们从字里行间不难窥见基督教信仰对其维吉尔注释的方向性影响。

这种注释方法和方向基本上确立了其后的整个中世纪维吉尔接受史的基本面貌，也为基督徒批评家阐释古典作家、将古典文化纳入基督教视野提供了范例。不过，从文章本身的风格来看，这篇注释仍然保留了很多古典主义修辞学注释的一些特征，比如“夸饰修饰”的基本原则。就此而言，这篇维吉尔注释较好地展现了欧洲文学批评从古典主义向中世纪基督教时代过渡的阶段。

本文译自 O. B. Hardison, Jr. 的英译版本“The Exposition of the Content of Vergil According to Moral Philosophy”，见于 *Medieval Literary Criticism: Translations and Interpretations* (New York: Frederick Ungar Publishing Co., 1974), pp. 69 – 80。

最神圣的副主祭大人，鉴于我的年纪，我认为我完全沉默比较合适。我的头脑不仅停止了回想起曾学过的东西，连它亲历的事也常常忘掉了。但由于我谨奉仁慈的新律法,爱的法则使我不可能拒绝,我就简略地谈了谈维吉尔作品中隐含的自然知识,并避开了虽值得赞美,但相比之下更为危险的东西。

我因此忽略了《牧歌》(*Eclogues*)和《农事诗》(*Georgics*),在这两部诗中纵横交错的思想是如此深刻而丰富,维吉尔将几乎每一门艺术的内在奥秘都融于其中了。在前三首牧歌中,维吉尔以哲学的语言描述了三种生活(沉思的、行动的、贪图享乐的)的特点;第四首写预言的艺术;第五首写教士的风度;第六首中他以优美的韵律谈音乐艺术,还根据廊下派观点解释了心理学;第七首约略谈到了植物学;第八首描写了音乐艺术、魔术,最后还写到了预兆,这也是他在第九首中继续讨论的内容。在第八首中他说:

噢,当我还在犹豫要不要带走它时
灰烬就已自动地用闪烁的火焰
封住了祭坛
这也许是一个好兆头!
有一些事早已注定的;海拉克斯在门口狂吠。

在第九首中他写道:"我记得高入云天的橡树预言过它。"(亦可见于I.17)

《农事诗》第一首是有关占星术的,通篇直至最后都讲述预兆。第二首写观相术和医术,第三首详细描写了占卜术。在《埃涅阿斯纪》第六卷中他也提到了占卜术,他说:"(女巫们)把两角之间最顶端的毛发拔下/放在火堆上作为第一批祭品。"(《埃涅阿斯纪》第六卷245-246)整个第四首论述的是音乐,最后对音乐艺术进行了解释性评论。

我略去了超出时代局限的东西,这样追求声望的人就不会钻牛角尖了。请满足于我从金苹果园中为你采来的素淡的花吧,我的主人,因为如果你想要金苹果,就必须像欧律斯透斯(Eurystheus)那样去面对其他更强大的人,这些人,像赫克立斯(Hercules),愿意拿自己的生命冒险。你将会平静地从这个花束中体味到一些思想,它会让你很满意。现在,请把克利西布斯(Chrysippus)的赫勒波(Hellebore)的痛苦抛在一边吧,我将要讲一些让缪斯们高兴的事:

> 噢,赫利孔(Helicon)的女士们——我没有单独召唤卡利俄珀(Calliope)
> 请帮助我,为我的心灵祝福
> 我在完成一项更艰巨的任务
> 单单一位缪斯还不够
> 快,诗歌女神,你们是我最深切的关注
> 请用象牙的琴弦将里拉弹奏
> 我想这个小小的祈祷会让维吉尔的缪斯们感到满意。

现在请亲自将我送到那位曼图安(Mantuan)的游吟诗人那里,这样我可以将他那闪烁不定的意图引向光明。看吧——他向我走来,周身浸润着赫利孔山的清泉,他是游吟诗人的恰当典范,高举书版讲述着他的故事,总是紧锁眉头低声诉说着从他心中涌出的神秘的真理。

我说:“如果可以,请把皱着眉头的表情抛开吧,最著名的意大利诗人。用蜜糖把你的那些艰深的思想变甜。我不是在用毕达哥拉斯所说的‘数的和谐’、赫拉克利特的‘火’、柏拉图的‘理念’、赫耳墨斯的‘星’、克利西布斯(chrycippus)的‘数’,[①]或亚里士多德的‘形式因’去检视你的作品,对达德鲁斯(Dardasnus)所说的‘权力’,巴提亚德斯(Battiades)的‘魔鬼’或者卡姆普斯特(Campester)所说的‘下界’与‘幽灵的灵魂’也不感兴趣。我只想去说一些语法学家们为了每月的学费教给孩子们的简单的东西。”

维吉尔皱着眉头说:“我说年轻人,你太笨了,心里承载不起我的重负。你比泥块还硬,对任何重要事情都漠然无知。”

我说:“我请求为了你们罗马人而保有这种知识,对你们来讲它是无害而值得珍视的。就我来说,能够触摸到你们的袍边已经心满意足了。”

他说:“鉴于你那粗略的理智和你的年龄特有的胆怯所能允许你学到的程度,我打算从我喷涌的才智之泉中只拿出几滴来向你解释这些事情,这个小小的打算可以防止你过分沉迷于其中。现在请你洗耳恭听。”

然后他摆出演说家的姿态,把两根手指竖直成“I”形,第三根手指摁住拇指,开始说道:“我的所有作品都涉猎了与自然哲学有关的主题。在《埃涅阿斯纪》十二卷中我充分揭示了人的生活处境。我以‘武力和我歌唱的人’开篇——‘武力’指代美德[②],‘人’指代智慧,因为‘完美’包含肉体的优美和心灵的智慧。”

我说:“如果我没弄错你的意思的话,最杰出的诗人,《圣经》歌颂基督我们的救主是美德和智慧的化身,因为上帝以他来展现完美

---

① [译注]此处指的是古希腊廊下派哲学家关于人类灵魂数量的理论。

② [译注]即 virtus 。换句话说是“勇气”。这里和以下选用“virtue”一词是因为它最适合下面的内容。这预示着中世纪惯于表现坚韧和智慧的英雄性格。

的人的处境。”①

他说:“你知道那真正的君王所教导你的,而我只能讲出我所思考的问题。按照逻辑,先谈个人,再谈与这个人相联系的事情是比较合适的,先物质而后事件——也可以说先提到‘人’再说‘勇敢’,因为美德是内在于人的。但是因为我是按照赞美的形式创作的,所以我先提到那个人的优点再提他本人,这样我们走近他时已认识到了他的优点。事实上这就是书信的通常方式,在信中我们总是先写下‘最优秀的’一词,再写收信人的名字。

“但是为更容易地理解我写下的赞美的诗篇,请注意我下面几行话,我用‘被命运抛弃’和‘凭着神的力量’来表明:对于埃涅阿斯的经历,命运应负责任,埃涅阿斯本人不缺乏美德。因为神意而不是缺少智慧,他置身于危险之中,这与柏拉图的古老格言一致,‘精神即上帝’。如果此说有意义,上帝会是仁慈的。卡涅阿德斯(Carneades)在《斐勒西亚斯》(*Telesias*)中说:‘好运就住在智者的理智之中。’

“此外,我想先谈‘美德’,再谈‘智慧’,因为尽管智慧规定着美德,但只有在德性高尚的灵魂中,智慧才会开花结果。缺少美德就是缺少智慧,因为当智慧有意去做点什么的时候,如果完成这项工作所需的美德不足,智慧就会失去效果,消失殆尽。

“关于以‘勇敢’开头——我知道如果把‘人’放在前面,它会暗示着个体的性别,而不是他的荣誉。有些人值得赞美,但并非所有人。所以我把勇敢放在开头,暗示着那个人之所以值得赞美的品德。在这一点上我是步荷马后尘的,他说‘噢,女神,愤怒乃是阿喀

① [译注]《哥林多前书》7:24。

琉斯之歌'(《伊利亚特》第一卷第1行)——在那人出现之前先提到他的愤怒。另外,荷马还以密勒娃的形象象征美德,他写道:'她抓住了阿喀琉斯的头发。'(《伊利亚特》第一卷第197行)。"

我说:"关于这一点你说得不错。那神圣的智慧远远超出你的理解范围,它同样以这样的方式开头:'受祝福者乃不行邪恶之人。'(《诗篇》1:1)请注意,那位正义生活的最完美的导师,先知大卫,把对美德的生活的奖赐——'蒙福'放在了辛苦的劳作之前。"

他说:"小伙子,我很高兴你补充的这些,因为尽管我没有洞悉有关正义生活性质的全部真理,真理仍然将火花洒向我蒙混无知的心灵,带着一种莫名的馨香。

"正如我开始所说的:'美德'与物质相关,而'智慧'控制着物质。正如萨卢斯特(Sallust)所说的那样:'我们的全部力量在于我们的灵魂和肉体。'(《喀提林阴谋》[*On Cataline's Conspiracy*], I. 2)

"为了更充分地满足你们的心灵,人生分为三个阶段:首先是占有,其次是对你所占有之物的控制,最后是为你控制的东西点缀上优雅的装饰品。请注意这三个阶段都包括在我这第一句话当中:那就是'武力''人''第一'。'武力'(即美德)指一种自然特征;'人'(即智慧)指一种精神特征;'第一'(即首先者)指判断。其中的顺序便是:占有、控制、装饰。

"这样,通过一种历史的隐喻,我展示了人类生活的全部历程,包括:第一,天赋,第二,学识,第三,成功。请认真理解这几个阶段。正如我前面所说,首先表现出来的是内在的能力,这是自然的恩赐,它使人的进步成为可能——因为你不可能教不具备天生能力的动物学会这种能力。然后是学习所得,在人依其天性获得进步时,它起到了加强的作用，这就像金子，因为金子本身是可铸而美丽的，但它却要经由匠人的锤子锻造才能达到完美。人的心灵像金子一样天生具有可延展性。它因其天性而进步，成功伴随而来，装饰那取得进步的。

“孩子们应该遵循生活的这些阶段，我的诗就是写给他们读的。每个有价值的人天生都具有受教育的能力。人需受教育，这样他的天赋才能才不会白白浪费。他要用成功来装点自己，这样学习所得才不会付之东流。柏拉图在解释人生的二重秩序时说：‘每　种美德要么是天生的，要么是学得的，要么是强加于身的。’①它生于天性，由学习而习得，又由经验而得到加强。

“现在，准备阶段已经完成，我开始讲述故事了。但是为了证实我不是在向未曾受教的耳朵解说我的故事，请告诉我第一卷的内容，如果一切就绪，我将解说这卷书给你听。”

我说：“如果我对过去所学还未忘记的话，首先是朱诺请求埃俄罗斯让特洛伊人的船只沉没。埃涅阿斯和七艘船一起逃脱了这场灾难。他到达了利比亚海岸，看见了母亲，但却没有认出她来。他和阿凯提斯被裹进一团云雾之中。他的灵魂因那些画面激动。晚饭后，竖琴的声音让他平静了下来。现在你已听到了第一卷的故事内容，我希望知道你写它们是什么意思。”

他说：“沉船象征着生命诞生的艰险，此时母亲经受着阵痛，婴儿承受着诞生的危险。所有人都必然要经历这一刻。为了让这种意义更为明显，这次沉船由朱诺即生育女神一手造成。她派埃俄罗斯前往，埃俄罗斯在希腊神话中就是 eonolus(aion + oloos)，即‘时间

① ［译注］不是出自柏拉图，而是荷尔姆引述德尔图良《论节制》第一节。

的破坏性'①。正如荷马所说:'那种毁灭性的愤怒给阿喀琉斯带来了不计其数的敌人。'(《伊利亚特》第一卷第2行)注意埃俄罗斯所得的承诺:黛娥裴雅(Deiopea),朱诺的仙女,作他的新娘。希腊语中的Demos意为'公众',iopa意为'眼睛'或'视野'。对于生者而言这个易逝的世界是充满危险的。但生育女神向埃俄罗斯许诺了一个光明而完善的景象。随后埃涅阿斯与七艘船一起逃生。这也具有象征意义,因为'七'是有关生育的一个和谐的数字。如果你想听的话,我会简要解释一下这其中的原因。"

我说:"我在我最近的医学文章中详尽地讨论这个问题。我探讨了'七'和'九'全部的数学意义,如果我把一本书中已论述的问题再次写进另一本书中,那就太啰嗦了。想学习这些东西的人可以读我有关心理学方面的书。现在我等着听下面的内容呢!"

他说:"正像我开始所说的,埃涅阿斯一踏上陆地就看见了他的母亲维纳斯,但是没认出她来。这象征着婴儿期,因为刚诞生的婴儿从一生下来就能看到母亲,但却不能马上认识她并作出反应。随后埃涅阿斯被裹入一团云中,他认出了他的同伴们,但却不能和他们讲话。请注意我对非常幼小的婴儿的描写是多么清楚明白。他们可以认出人来,但不会说话。我把阿凯提斯和埃涅阿斯一起放在开头。海难之后,阿凯提斯是他的勇敢的承担者,他也被裹在云中。阿凯提斯是希腊神话中的Aconetos(achos + echos),即悲伤的习惯。从婴儿期开始,人生就注定是艰苦的,正如欧里庇得斯在悲剧《伊菲革涅亚》(*Ipbigenia*)中所说:

---

① [译注]此处及以下括号里的希腊文均属猜测。富尔根蒂尤没有对他奇怪的词源学做出解释。

没有什么事可以被描述得如此可怕——
不管是肉体的痛苦还是天赐的烦忧——
以至于人的天性不能忍受。①

“也就是说，没有什么事情、什么经历会糟糕到人性无法忍受的地步。除了眼泪，没有其他东西可以表示悲伤。婴儿用哭喊来寻求安慰、引起注意。尽管我们在五个月大时很少会笑，但眼泪在我们刚一出生时就能随便流下来了。

“埃涅阿斯白白让他的灵魂享受了一场一幅图画带来的盛宴，这清楚地象征着孩子的思想。一个婴儿能看，但他不能理解他所看到的——恰如图画能被看见，却缺乏理性的意义。

“埃涅阿斯被带去吃晚餐，竖琴声使他平静了下来。很典型地，没有什么比甜美的音乐和饱餐一顿更能让小孩子高兴的了。请注意竖琴手的名字。约帕斯（Iopas）在希腊就是 Siopas（siope），即小孩的沉默。婴孩总是在甜甜的声音和保姆的歌声中安静下来，为了象征这一点我把约帕斯写成拥有一头妇人般的长发（参见《埃涅阿斯纪》第一卷第 740 行）。埃涅阿斯也看到了丘比特（参见第一卷第 715－717 行）。青年人总是向往着、渴望着什么，因此竖琴演奏结束后的第二卷，我写下了这样的诗句：‘谁能忍住泪水。’（第二卷第 8 行）

“在第二、第三卷，埃涅阿斯被一种常常能逗爱讲话的小孩子开心的故事吸引住了。第三卷末尾，在阿契美尼德斯（Achaemenides）描述了库克罗普斯（Cyclops）之后，埃涅阿斯看见了它。Achos

① ［译注］引自《俄瑞斯忒斯》1－3。此处的错误可能来自富尔根蒂尤所用的引文选集。

(achos)在希腊语中意为‘悲伤’;ciclos(kuklos)意为‘管束’,pes(pais)意为‘男孩’。意思是孩子在脱离其监护人时还不具备有关悲伤的理性知识,进入了无拘无束的青春期。库克罗普斯被描绘成只在额头上长着一只眼睛,因为青春期无所约束的漫游不是由一种全面而理性的思想见解来指引方向的。整个青春期充满了库克罗普斯式的自负。库克罗普斯头上的那只独眼象征着他除了自负外什么也看不见,什么也不懂。聪明的奥德修斯扎瞎了这只眼睛:理智的光焰扑灭了极度的自负。我把他叫作波吕菲姆斯(Polyphemus),即 apolunta femen,在拉丁语中意为‘名望的损失’,因为一种盲目的生活将紧随青年人的骄傲和对名誉的淡漠之后。

“为了让这个过程更为明显,紧接着埃涅阿斯埋葬了他的父亲。孩子长大以后就开始反抗父权的压力。他在德列帕努姆(Drepanum)埋葬了他父亲(第三卷 707 页)。drepanos 即 drimpedos,drimos 意为 keen[挽歌],pes(pais)即‘男孩’,这象征着未成年人拒绝父性原则的事实。

“埃涅阿斯的灵魂从父亲的权威下解放出来之后,在第四卷中他去打猎,爱情之火点燃了他。在风雪和薄雾——象征着被烦扰的心灵——的驱使下,他犯了通奸罪。在闲荡了好长时间以后,他在墨丘利(Mercury)的敦促之下放弃了不道德的爱情。墨丘利是理性之神,这象征着在理智的鼓舞下走向成熟的人类冲破了欲望的束缚。激情的对象(例如狄多)在遭到拒绝时就真的死去了。它已经被耗尽,灰飞烟灭。当欲望被理智驱逐出年轻的心灵时,它就灰飞烟灭,被遗忘的灰烬埋葬。

“在第五卷中埃涅阿斯被有关他父亲的记忆唤醒,忙于年轻人的运动比赛。这象征着当一个人到了审慎的年龄,他会遵从对父亲的记忆带来的范例，言行举止向成人化靠拢。

“请注意他们热衷于拳击。也就是说，恩特鲁斯（Entellus）和达列斯（Dares）开始从事成人的运动了。entellin 在希腊语中意为‘命令’，derin 意为‘棍击’——这是教师们在教学时常做的。

“然后船只遭火焚。它们是引诱年轻人沉入虚荣自负的大海狂涛之中的危险因素，在那里，他不断受到来自危险的冲动的锻炼。然而所有这些冲动都被杰出的理性之火烧毁了，当知识得到理性的支持，冲动就像梦一般消失在遗忘的灰烬之中。是勃罗厄（Beroe）——即‘真理的秩序’——点燃了理性之火。

“在第六卷中埃涅阿斯来到阿波罗神庙，降到阴间。阿波罗是学识之神，他是缪斯的朋友。现在海难和青春的危险都已过去。帕里努鲁斯（Palinurus）已经死去了。Palinurus 即 planonovus（plane + horao），即‘流浪的幻想’。因此我在第四卷中写到那充满关切的多情的一瞥，‘她默默的眼光在那个人全身流连’（第四卷第 363 页）；在《牧歌》中我也写到了‘一头公牛流浪的脚印’（第六首第 58 行）。

“埃涅阿斯把这些事都抛在了身后，现在他来到了阿波罗神庙——即学习所得的知识，在那里他思考着他未来的生活历程，寻求着通向大地的道路。这象征着人们一旦考虑未来，就必须洞察知识那隐蔽的奥秘。埃涅阿斯必须首先埋葬米塞努斯（Misenus）（第六卷第 227 页），misos 在希腊语中意为‘怨恨’和‘赞扬’。如果不拒绝肤浅而空洞的赞美，你将永远不能获得智慧的秘密。对苍白无力的赞美的爱好绝不是对真理的追求，而只是认为自己真的具有那些被谄媚地加于己身的虚假的东西。在米塞努斯和特赖登（Triton）之间有一场吹螺角比赛（第六卷第 171 – 176 页），请注意这个象征是多么准确，夸夸其谈吹起了空洞的赞美的气泡。特赖登击破了它。特赖登在希腊语中叫 tetrimemenon，拉丁语叫作‘悔悟’。悔悟总是会揭破空洞的赞美。因此特里托尼亚（Tritonia）被称为智慧女神：悔悟总能使人变得明智。”

我说：“我对这方面颇有研究，我赞同你的立场。神圣赐我们以生命的教义，告诉我们，上帝不会歧视一颗悔悟的卑下的心灵（《诗篇》50：19）。这就是真正的明显的智慧。”

他说：“为了使故事的脉络十分清晰，我写到柯吕奈乌斯（Carineus）（《埃涅阿斯纪》第六卷第 227 页）将米塞努斯的尸体火化这个情节。Carin（charis）在希腊语中意为‘恩惠’，eon（aion）我们叫作‘时间’。这象征着在时间的帮助下，自负的遗骨必然被埋葬。

“但是在得到金枝——即哲学和学识的研究——之前，没人能知晓那些隐蔽的知识。我用金枝象征知识，因为我回想起我母亲曾梦见她生下一段树枝，①同时也因为阿波罗的画像是手里拿着一段树枝的。另外，‘树枝’据说是 apo tes raosodias，也就是狄奥尼修斯论希腊表现方式的书中的。我称树枝为‘金色的’，是因为我想以此象征言辞的华美，我回想起柏拉图所说的，当犬儒主义者第奥格尼斯（Diogenes the Cynic）企图偷窃柏拉图的财产时，他发现后者除了一条金色的舌头外一无所有。提比尼奥斯（Tibeniaus）在他的《论苏格拉底的上帝》②中也引用了这个故事。在《牧歌》中我提到了十个金苹果，那是十位田园诗人精雕细凿的言辞。海格立斯从金苹果园拿走了金苹果，看守金苹果园的仙女是爱格勒（Aegle）、赫斯珀拉（Hespera）、美杜萨（Medusa）和阿利图萨（Arethusa），她们在拉丁语

① ［译注］这个故事是多纳图斯在他的《维吉尔传》中讲述的。

② ［译注］《论苏格拉底的上帝》是阿普列乌斯所著。富尔根蒂尤此处引文出处不明。

中分别意为‘学习’‘理解’‘记忆’‘演说’。首先是学习，其次是理解，然后是记住所理解的，最后是用雄辩的语言装饰你所保留的。美德则以同样的方式力求获得学识的金奖。”

我说：“最有学问的人，你所说的确是至理名言。刚才我回想起《圣经》中的一段话，讲的是从邪恶之中获得金色的舌头和美德的技巧，①正如华丽的言辞可以从异教徒那里获取一样。但请您继续讲述下面的故事。”

他说：“我先前谈到，埃涅阿斯在得到金枝——即学识之后，进入了一个更深的地方探索知识的奥秘。在哈得斯的外层房间里他看到了悲伤、疾病、战争、争端、衰老和贫穷，这象征着当一个人彻底了解自己的头脑和心灵，当他掌握了知识，愚昧烟消云散，他就看到衰老及其孪生兄弟死亡不过是一场幻梦，战争是贪婪之子，疾病是无序和纵欲之子，争吵是醉酒的结果，饥饿是懒惰的侍女。

“于是埃涅阿斯陷入地狱，在那里他目睹了对恶人的惩罚和对善人的奖赏，并看到情人们的悲伤。

“船夫卡戎载着他渡过冥河。这条河象征着年轻人沸腾的激情，它被称为‘泥泞的’，是因为青年人缺乏成熟而明确的思想。‘冥河’(akairos)在希腊语中意为‘无时间’。charon 则是 ceron (kairos)，意为‘时间’，据说他是波里德格蒙(Polidegmon)的儿子。Polidegmon(Polus + deigma)在希腊语中意为‘很多知识’，这意味着当一个人到了知识丰厚的年龄时，他就告别了过去——混浊的泥水和他自己的坏习惯的残迹。

“他用少量麻药滴入蜂蜜之中，醉倒了三头刻耳柏洛斯(Cerber-

① ［译注］参见《以西结书》7:20。

us)，我(这里指富尔根蒂尤)在《神话学》中已经解释过三头刻耳柏洛斯的故事隐喻着争吵和法律纠纷。佩特罗尼乌斯说尤斯刻伊斯：'刻耳柏洛斯是律师。'因为在应该用真才实学获取进步时，这些人却单纯为了金钱学会对别人的事鼓唇摇舌、大逞辩才——就像我们今天从律师们那里见到的一样。在智慧的蜜浆的作用下，争吵的痛苦也变甜了。

"因为被允许获得智慧的奥秘，埃涅阿斯注视着英雄们的形象，也就是说，他在思考美德的成就和功绩。他还看见了得伊福玻斯(Deiphobus)的惩罚。得伊福玻斯在希腊语中写作 Dimofokus(deima + phobos)或 demios(demios + phobos)，意即"对错误的恐惧"或"对人的恐惧"。无论是哪一种恐惧，它都被很恰当地描写成手足被砍、耳聋眼瞎的样子(第六卷第 495 - 497 页)，理由是恐惧永远不能觉察到它看到了什么，也不会理解它所听到的，或者是没手去触摸、去认出它的所作所为。得伊福玻斯在熟睡中为梅内莱厄斯(Menelaus)所杀。Menelaus 即 menelau(mene + laos)，意即'人类的勇敢'，因为这种勇敢往往能战胜懒散的恐惧。

"然后埃涅阿斯看见了狄多，但是她只是一个爱与欲的虚幻的影子。然而对于智者而言，对欲望的记忆即使已被冷漠淡忘，仍会令人为之流下忏悔的泪水。

"现在我们讲到了下面这段话：

> 巨大的门和坚固的门柱耸立在前面
> 没有任何人力，甚至是天堂之子
> 能让它们毁于战乱
> 铁塔拔地而起，高耸云天。(《埃涅阿斯纪》第六卷第 552 - 555 页)

“请注意我对骄傲自负的形象的刻画是多么鲜明。我将坚固的柱子放在塔上，因为这种石头是打不碎的，希腊语 adoneo 意为‘无法触摸的’——因为无论是对神的敬畏、人的美德还是对恶名的恐惧都不能制止骄傲。‘高耸云天的铁塔’显示着高高在上、不可一世的傲慢。除了底西福涅（Tisiphone）——‘愤怒的声音’之外，谁能支撑着这种傲慢呢？当我说‘九头蛇有五十条张开的黑洞洞的喉咙，仍然十分凶残’时，我至少象征着：在骄傲的人的心中膨胀的自负比他们说出口的炎炎狂言更糟糕。当我说‘塔尔塔罗斯（Tartarus）两次张嘴打呵欠’（第六卷第557－578页），这象征着对骄傲的最终惩罚，一个人越是骄傲自大，当自负坍塌时他所忍受的痛苦就越深。凡是在骄傲中成长起来的人都会遭到双重打击。有关这个话题我们可以回想起波菲利的讽刺诗：

命运格外垂青于你
到处可见你冷笑的脸庞
上帝作证，你的确是声名狼藉
你得到的越大，瞪视着你的人越多。

“接下来埃涅阿斯看到了巨人（第六卷第 580 页）、伊克西翁（Ixion）（第六卷第 601 页）和萨尔摩纽斯（Salmoneus）（第四卷第 585 页），这些是因骄傲而受神罚的人，坦塔罗斯（Tantalus）也属此类。坦塔罗斯在希腊语中是 Teantelon（te ＋ anta ＋ ethelo），即‘贪婪地看’，因为贪婪者不愿意去运用某件东西，他只是看着这件东西，从中获得满足。

“但在此时法官克洛索斯的拉达曼土斯（Rhadamanthus of Cnossos)出现了(第四卷第566-577页)。Rhadamanthus在希腊语中即tarema + ta damonta,意为'控制语言',gnoso(gnosis)意为'理解',也就是说那些知道如何控制语言的力量的人能惩戒、斥责骄傲。紧接着埃涅阿斯被一种很大的声音惊吓,这意味着老实人逃离了骄傲的召唤,害怕对恶人的惩罚。后来他把金枝插在神圣门柱上,进入乐土(Elysium)。这象征着学习的苦功一旦告成,就可以获得完满的记忆。知识永远被牢牢地记住,就像金枝被嵌入神圣的门柱。

"埃涅阿斯进入了乐土。Elisis(Eleusis)在希腊语中即'自由'——这是说在经受了对老师的敬畏之后,生命变得像假日一般轻松。普罗塞耳皮娜(Proserpine)是冥后,也就是说记忆是知识的王后。记忆不断地自我延伸,永远统治着解放了的心灵。金枝被献于记忆。西塞罗曾经说过:'记忆是知识的宝库。'(《论雄辩术》I.v.18)

"在乐土,埃涅阿斯最先看到穆萨乌斯(Musaeus)(第六卷第66页)。穆萨乌斯即'缪斯的礼物',具有高于其他一切的地位。穆萨乌斯将埃涅阿斯介绍给他的父亲并领他来到忘川之畔。埃涅阿斯被介绍给自己的父亲,这是为了强调保留一种严肃性格的必要性;被引向忘川(lethe)则表明应该忘记年轻时的草率轻浮。请注意安喀塞斯(Anchises)这个名字。Anchises即希腊语的ano scenon,意为'生活于母邦'。有一位神,万有之父和万有之王,超然独居于世界,无论知识于何时循之前往总能够找到他。请注意安喀塞斯教育他儿子的话:

起初,一个内在的灵充溢于天地
还有水汽氤氲的原野

提坦诸星和月亮的光晕(《埃涅阿斯纪》第六卷第 724－725 页)

“你知道那个造物主一定就是上帝,安喀塞斯所教的正是自然的隐秘,他描绘了灵魂一次又一次地从生命复归,也透露了未来。”

我说:“真正的意大利诗人,你是怎样让这几行愚蠢的辩护词掩盖了你那光芒四射的天才的? 在你的《牧歌》中曾充满喻义地说:‘现在一位圣女回来了/萨杜恩的君王回来了/在高高的天国开始了一场新的赛跑。’(第六首第 6 行)但是在这儿,你的聪明机智都打瞌睡去了,打鼾般地说出这等废话。你说:‘神圣的灵魂升入天堂/然后再返回懒惰的肉体。’(第六卷第 720 页)你为什么要把黑莓放进这么多香甜的苹果之中,黯淡了你那光彩夺目的才智呢?”

他微笑着说:“如果我没有把伊壁鸠鲁的东西和这么多的廊下派理论混合在一起,我也就不是一个异教徒了。除了你们基督徒之外——太阳的真理照耀着你们——没有人能知道所有的真理。但是我在此并不是想解释你们的《圣经》、讨论我们应该知道的东西,而是要解释那些我确实已知道的东西。请听我下面的解释。

“第七卷中奶娘卡耶塔(Caieta)下葬(第七卷第 2 页)——这是人们对教师的深深畏惧。Caieta 意为‘压迫青年者’。在古代 Caiatio 意味着‘孩子们的屈服’。因此,普劳图斯在他的喜剧《匣子》中写道:‘你担心你的情妇不会屈服于你的力量吗?’当我写到‘啊,死亡令你永世不朽,卡耶塔’(《埃涅阿斯纪》第七卷第 2 页),我非常明白地表明了卡耶塔象征着原则。知识的原理最终是变动不居的,它留在记忆永恒的种子里。

“因此，在抛开了有关学习的种种事情之后，埃涅阿斯到达了他最渴望的奥索尼亚（Ausonia）——智者热切追求的‘善德的增长’。Ausonia一词来自Apo tu ausenin——意即‘增长的’。另一个解释是，即使到了这个年龄身体仍然在长。

“接下来他追求拉维尼亚（Lavinia）——意为‘艰苦劳作之路’——要她做他的妻子。在生命的这段时间，每个人都会选择劳作，这会给他带来许多世俗的好处。拉维尼亚是拉提努斯（Latinus）的女儿，拉提努斯又是考努斯（Caunus）（第七卷第47页）的后代。Latinus来自Luna（月亮），因为她有时隐没她的上半身，有时隐没下半身，有时全部隐没了。Caunus是Camnouns（Kamno + nous）——即精神劳动。考努斯与仙女玛丽卡（marica）结了婚——Marica意为merimna，即‘忠告’。正如荷马所说：‘在他毛茸茸的胸膛里，他的心被忠告分成了几瓣。’（《伊利亚特》第一卷第189页）

“在第八卷中，埃涅阿斯想让埃万德尔（Evander）做他的同盟。Evandros（eo + endros）在希腊语中意为‘好人’，这象征着成熟完善的人希望与好人为伍。他从埃万德尔那儿知道了什么是杰出的善德，即海格立斯的荣耀（第八卷第193页），以及他是怎样杀死了卡库斯（Cacus）的——这个名字在拉丁语中意为‘邪恶’。然后他穿上伏尔坎（Vulcan）的盔甲（第八卷第612页），这是理智在警惕邪恶的诱惑。Vulcan即bulencauton（boule + kautes），或者如我们所说的‘智慧’，罗马人所有的美德都在这个盔甲上表现出来了，因为幸福是由智慧的精心保护所创造或预示的。行善即预示着未来之善，那些行为端方者对自我的善德是有信心的。智慧既能创造善事，又能展望未来之善。

“第九卷中，在伏尔坎的帮助下，埃涅阿斯大战图努斯（Turnus），即 turosnus（thouros + nous），希腊语意为‘愤怒的头脑’。理智和智慧总是反对愤怒的，正如荷马所说：‘雅典娜说话了，将愤怒的阿瑞斯从战争中领了出来。’（《伊利亚特》第五卷第 35 页）

“接着，埃涅阿斯杀死了墨壬提乌斯（Mezentius），一位渎神者（第十卷第 907 – 908 页）。神规定万物并命令它们趋向善，但是当居于肉休之中的精神藐视善时，它就不能恰当地履行其职责，就会忽视善德从而危害自身。智者奋起杀死犯错误的人，杀死墨壬提乌斯和他的儿子劳苏斯（Lausus）（第十卷第 815 – 816 页），这象征着智者对自己的灵魂的征服。谁被说成是图努斯的朋友？是米沙辟斯（Messapus）——即 misonepos（misos + epos），拉丁语意为‘威胁性的话’。正如欧里庇得斯在他的悲剧《伊菲革涅亚》中所说的：‘没有什么事件能够被描述得如此可怕……’（《俄瑞斯特斯》第 1 页）

“战胜米沙辟斯之后，胜利的埃涅阿斯庄严地称了米沙辟斯的盔甲，并展示出了他的肖像。

“于是尤特娜（Juturna）被迫退出了战争（第十一卷第 875 页），她为她的兄弟驾驭战车。尤特娜象征灾难，因为灾难总是威胁着人们。灾难是愤怒的姐妹。她载着图努斯离开的、将他从死亡之境救出的战车也是灾难的象征，因为它能致使愤怒永不停息。

“图努斯最初让麦提斯库斯（Metiscus）做他的车夫。Metiscos（methusko）希腊语中意为‘醉酒’，醉酒首先导致愤怒，然后灾难接踵而至，延长了愤怒。但是尤特娜被说成是永恒的，而图努斯却是暂时、可朽的。愤怒可以在短时间内停止，但灾难永无止境。尤特娜驾着战车四处奔走——她会继续很长一段时间。车轮象征着时间,据说命运女神有一只轮子,这象征着时间的易逝。”

故事结束了。

再见,我的主人。请认真阅读这些发自肺腑的带刺的文字。

这就是杰出的富尔根蒂尤对维吉尔作品内容的道德哲学注释。

亚里士多德《诗学》注疏

阿威罗伊(Averroes)

[**编译者按**]在中世纪最后数百年间主导欧洲基督教世界学术思想方向的是亚里士多德主义。十二世纪后，亚里士多德的著作陆续被迻译为拉丁文，被人们反复注解、阐释，被奉为金科玉律。不过需要注意的是，这些著作并不是直接译自古希腊文原本，而是由亚氏著作的阿拉伯语译本转译而来，其中便包括《诗学》。据考，《诗学》最初只是亚里士多德给学生上课的讲义，在其身后手稿交由其学生保存。然而在此后数百年时间里，这部手稿命运多舛，虽仍有抄本传世，但它对整个古典主义时代和中世纪早期的影响并没有我们想象的那么大。大约在公元十世纪左右，《诗学》的一个古叙利亚译本被翻译为阿拉伯语，迅速赢得当时对亚里士多德甚为推崇的阿拉伯思想界的关注。本文的作者阿威罗伊就是这一阿拉伯文《诗学》译本最著名的注者之一，也是十二世纪阿拉伯最重要的亚里士多德主义思想家。

阿威罗伊(1126—1198)，原名 Muhammad Ibn Ahmad Ibn Rushd，生于西班牙科尔瓦多的一个伊斯兰教法官世家。早年受到良好的教育，精通医学、天文学、数学等，后受命翻译并注释亚里士多德的全部著作。其间，他力图将伊斯兰教义与亚氏思想相融合，成为中世纪阿拉伯－伊斯兰哲学的集大成者，其思想进路被称为阿威罗伊主义。阿威罗伊的亚里士多德注本很快被迻译为拉丁文，对十三世纪由亚里士多德主义与基督教教义相结合所产生的欧洲经院主义哲学的兴起产生了巨大的影响和推动作用。本文即阿威罗伊《诗学》注释的部分节选。今天看来，阿威罗伊对亚里士多德的注释多有曲解，因为他开篇既已申明其宗旨为“找出在亚里士多德的《诗学》里包含有哪些适用于所有或绝大多数民族的一般诗学原则”，而所谓“适用于所有或绝大多数民族”，首先当然是要适用于阿拉伯民族。我们看到，正是出于这一宗旨，阿威罗伊将亚里士多德对悲、喜剧题材的区分定义为“褒贬原则”，并视之为《诗学》的“首要原则”，其原因就在于阿拉伯诗歌传统非常注重“褒贬原则”。所谓“褒贬原则”，意味着诗的价值需从伦理角度加以判定。正因如此，阿威罗伊在亚里士多德已经明确指出悲剧六要素中情节最为重要的情况下，依然给出了如下结论：“悲剧有六个部分，其中最重要的是性格和思想。悲剧不是对被个别感知的人本身的模仿，而是对他们诚实的品性、值得赞美的行为和思想的模仿。”

认为诗的目的在于赞美好人或谴责恶人，这不是阿威罗伊的发明，甚至也不是亚里士多德首创。亚氏的老师柏拉图就曾对模仿人性中低劣部分的诗大加鞭挞，而对颂神的诗和赞美好人的诗表示肯定。从伦理道德的角度评判诗的内容，这一做法实为对诗歌改良社会人心之功用抱有很高的期许。但是这显然并不是亚里士多德首要的批评原则，也不是他本人赖以划分不同诗歌（悲喜剧）的唯一依据。

从文中来看，阿威罗伊之所以要极大地提升褒贬原则在《诗学》中的重要性，是出于两方面的原因：一是阿拉伯诗歌中素有褒贬传统，所以在他看来，褒贬原则符合他所说的“适用于所有民族”;二是“绝大多数阿拉伯诗歌是……为了愉悦”,所以亟需强调该原则以加强诗歌的道德教化功能。重要的是,第二条理由与其时西欧基督教世界不谋而合。因此阿威罗伊的注本于1256年被译成拉丁文之后迅速获得了广泛认可,其影响一直延续到十六世纪。

然而值得注意的是,在阿威罗伊的注本中还存在着另一种与褒贬原则截然不同的诗学观念,即作为“逻辑学一部分”的诗歌所具有的“节奏的艺术、韵律的艺术和再现性语言的艺术”。将诗视为逻辑学分支的观点并不见于《诗学》,而是由古典主义晚期的亚里士多德研究者提出。但是真正使之成为一种重要的诗学观念的是阿威罗伊的前辈学者、阿拉伯亚里士多德主义者**阿尔-法拉比**(al-Farabi, or Alpharabius, 872—950/951)和阿维森纳(Avicenna, or Ibn Sina / Abu Ali Sina, 980—1037)等。后者接受亚里士多德关于人类全部知识的四种分类体系(理论科学、实践科学、创造性科学和工具科学),并将诗歌归入“工具科学”的范畴,认为诗仅仅是一种“工具”或“才能”,一种像形式逻辑、辩证法和诡辩论那样制造象征符号的技艺。按照这一观念,诗就不可能包含惩恶扬善的道德内容,也就不具备相应的伦理学功能。

阿威罗伊注本同时采用了这两种相互矛盾的诗学观念,并且几乎未加任何解释处理,这在某种程度上正是中世纪阿拉伯哲学的“双重真理”立场——即认为古希腊哲学与伊斯兰教义同为真理之源——在诗学问题上的反映。不仅如此,在这个注本中,阿威罗伊除了援引阿拉伯诗歌和《古兰经》经文为例,还不止一次提到了《圣经》。这在一定程度上表明了十二世纪的西班牙阿拉伯知识分子对基督教文化的熟稔程度,由此不难理解阿威罗伊注本在下一个世纪被翻译成拉丁文以后为何广受欢迎，成为基督教亚里士多德主义的重要载体。

本文选译自 O. B. Hardison, Jr. 的英译版本"The Exposition of the Content of Vergil According to Moral Philosophy"，见于 *Medieval Literary Criticism*：*Translations and Interpretations*（New York：Frederick Ungar Publishing Co.，1974），pp. 89－122。

阿勒曼努（Hermannus Alemannus）：在花费不少心血完成了亚里士多德《修辞学》的翻译，打算着手翻译《诗学》之时，我遇到了巨大的困难，因为希腊语和阿拉伯语有关写诗的传统看法大相径庭，而且除词汇方面的难题之外，还有许多理由使我不相信我能独自承担为拉丁读者们全文翻译这部作品的工作。因此我选择了阿威罗伊为此书作的注疏。这部注疏表明了阿威罗伊对《诗学》的理解。我尽我所能把它译成了拉丁文。

贺拉斯的《诗艺》可以对理解《诗学》大有帮助，正如西塞罗的修辞学著作有助于理解亚里士多德的修辞理论。让那些勤学者为获得这个译本，并且为从中获得对亚里士多德逻辑思想的全面了解而欢欣鼓舞吧！

以下是阿威罗伊对亚里士多德《诗学》的注疏。

阿威罗伊：在这部作品中，我的意图是明确的，即找出在亚里士多德的《诗学》里包含有哪些适用于所有民族或绝大多数民族的一般诗学原则。作品中大部分内容或者论述适用于希腊诗歌和希腊传统的原则，或者见于阿拉伯诗歌，或者见于其他不同的形式。

第一章

亚里士多德:我的目的是讨论诗的艺术和诗的种类。恰当地说,一个人要想了解这种艺术法则并凭此进入一个秩序井然的艺术世界,首先就应该讨论每种诗的内容,作诗所遵循的构成要素以及诗有多少主题。亚里士多德在他的文章中正确地注意到并在开篇即论述了这些对我们自然不过的首要原则。

亚里士多德:每一首诗,或者说所有的诗都是或褒或贬的。这一点从对诗的考查以及那些适于诗的、涉及善恶好坏选择的主题中可以清楚地看出。褒贬原则也道出了以诗歌为首的表现艺术的真谛,七弦琴、竖琴、长笛、管风琴、舞蹈都是如此,因为这些艺术都是通过自然趋向这两个主题的。诗以塑造形象为基础。塑造形象或"比拟"的途径有三种——两种单一的、一种复合的。第一种简单形式是将一物比作另一物,将第一个比作第二个。这在所有语言中都有恰当的词语为例。如拉丁词语 quasi(like)和 sicut(as)以及所谓"比较项"的同一表达法——或者将"相像的"某物和与此物具有"相似性"或可以替代此物的另一物一起使用。在诗的艺术中这叫转义。例如某位诗人①这样描写一个极为慷慨大方的人:"他是大海,淹没了所有靠近他的人的贫乏,并用澎湃的浪潮将他们充满。"

你应该知道这种手法包括了现代所谓的类比和隐喻,例如"草地微笑着"或者"他犁开沙地"(或"他徒劳无功");以及像一位诗人

---

① [译注] 阿布·塔玛,一位"现代人"。此处及以下引文请参见:W. F. 波杰斯的《荷曼卢斯·阿勒曼努拉丁文译阿拉伯诗歌集》,《美国东方社会杂志》第 88 期(1968),页 657 - 670。

所写的,“年轻的牡马拒绝马鞍缰绳,温顺的母驼不堪背负货品”。隐喻可以被十分恰当地理解为对事物性质与特征的转义。

类比是以均衡协调为基础的转义。例如当 a 与 b 之间的关系正如 c 与 d 之间的关系时,词语 c 可以用作词语 a,反之亦然。转义的这些种类在《修辞学》中都已有论述。

第二种简单的形式是将“相似”反过来说,如说“太阳像一个女人”或“太阳是一个女人”——而不是说“这个女人像太阳”或“这个女人是太阳”。第三种形式是前两种简单形式的混合。

亚里士多德:有的人天生善用行动来虚构和描写人——如有人用色彩、形状、声音进行描写,这或许是模仿者个人的技艺或习惯,或者是长期形成的艺术传统。同样,有的人天生喜欢用语言来描写。

诗歌的形象塑造与描写包含三个要素:和谐、节奏与比拟。这些要素有时是单独存在的——像管乐器和长笛的声音,舞蹈的节奏。描写和模仿只出现在语言中——也就是说,描写性或模仿性语言中不含有韵律或节奏。有时候这三种要素又是混合在一起的。

这种混合的情况出现在西班牙居民最近在他们自己的语言即阿拉伯语中发现或创造出的所谓的“歌”(如莫扎拉比民歌)中。这种诗歌形式是自然发展起来的,同时包含两个要素——语言和音乐。自然的形式只有那些贴近自然的人才能发现。事实上,阿拉伯诗歌中并不存在 symphonia(或称“节奏”),只有韵律本身或者伴随着描写的韵律。

既然如此,产生虚构效果的想象性艺术就有三种:节奏的艺术、韵律的艺术、描绘性语言的艺术。这就是本书(《诗学》)论述的逻辑学部分。

亚里士多德:我们经常看到一些名为诗歌,但是除了韵律没有任何诗的特征的作品,比如苏格拉底的著作、恩培多克勒(Empedoeles)的自然哲学著作与荷马史诗比较起来便是如此。荷马史诗中可以同时发现两种要素(描绘与韵律)。

亚里士多德:除非同时包含这两个要素,否则没有什么作品可以被恰当地称为诗。把那些作品称作“这部或那部作品”比称作诗要好得多。同样,用韵文写作自然科学著作的作家应当被叫作“散文作家”而非诗人。那些包含复合韵律的想象性语言也不是诗。亚里士多德发现希腊语诗歌运用节奏和复合韵律,但是阿拉伯诗歌中却找不到这些因素。

以上所述表明了有多少种描写方式。

第二章

亚里士多德:既然模仿者和比拟者希望通过他们的艺术鼓动人们选择某些东西,离弃另一些东西,他们就必须论及那些或善或恶的主题。所有行为和人物都与这两个主题——即善和恶有关。接下来的必然推论是品德优秀的好人只描写美德和善人,坏人当然就表现邪恶和恶人。既然所有的“比拟”和描写都要通过表现正当或不正当的事物来完成,描写的目的显然就只能是鼓励正当、贬斥卑劣。因此就必然有美德的模仿者,即天生倾向于描写好人的;和邪恶的模仿者,即自身品性不完善、离恶人更近的人。从这两种人那里产生了褒与贬——即赞美好人、鞭策坏人。

因此,有些诗人特别长于褒扬而不善贬抑,反之有些诗人长于贬斥而不善褒扬。这两种不同的方法——赞扬善良与批评卑下——贯穿于所有模仿诗当中，但它们的不同只有在“比拟”艺术和使用语言的描写——而不是使用韵律或节奏——中才能见到。“比拟”的诗有三种，第一种将一事物比作另一事物，是比较性的，不指明善恶，只追求精确性。换句话说，这种“比拟”能够指向两个极端中的任何一个，有时可以通过重点强调表现善，有时又可以通过同样的强调去表现恶。

亚里士多德：这就是荷马所使用的方法，他运用“准确的比拟”来表达善与恶。有些作家的过人之处仅仅在于准确性，有的在于表现出善恶，还有的则善于将二者结合起来，比如荷马。亚里士多德为每一种诗都举了例，引用希腊人及其历史中著名诗人来分别说明三种“比拟”态度（准确、重善、重恶）。

很难在阿拉伯诗歌中找出这些例子。尽管正如法拉比所说，绝大多数阿拉伯诗歌的目的都很简单：令人愉悦。他们称之为“哀歌”的诗不过是为了在以爱情的名义进行性交过程中起刺激作用的，所以孩子们不应谈这种诗，而应该读那些鼓励坚毅和慷慨行为的诗。事实上阿拉伯诗歌所鼓励的美德只有这两种。他们并不简单地为了追求美德而这样做，而是因为通过坚毅和慷慨，人们可以达到更高的尊贵和荣耀。

只追求准确度的诗在阿拉伯诗歌中是很普遍的。这些诗通常描述金属以及其他矿物质，甚至地球上的所有事物和动物的性能和特征。希腊人除了利用这些东西教育读者追求美德、规避恶行，或者教导他们其他一些可行可知的善德之外，并不以这些东西入诗。

《诗学》的这一段清楚地指明有三种“比拟”、三种不同的诗以及它们分别是什么。纵观所有诗的种类，似乎没有第四种“比拟”。

第四章

亚里士多德:人性中有两点是诗之所以产生的源泉。首先,将一物比作另一物、用此物表现彼物的倾向是人与生俱来的,甚至可以在婴儿身上发现。与其他动物相比,这种倾向是人所独有的,因为在所有动物中只有人能从他的头脑意识到的“比拟”中获得快感、从他的描写和模仿中获得快感。这种天性——即人天生喜欢“比拟”——的一个标志就是当我们直接认识一些事物的时候可能并不感到愉快,但一旦它们被描绘出来,我们就能从中获得快感,尤其是在非常艺术化地描绘被表现事物时。技艺娴熟的雕塑家和画家创造的许多动物形象就能给我们以快感。这就是为什么我们要在教育中使用范例形象——以便使我们所说的通过形象的力量更容易被理解,因为当人的大脑感受到来自形象的快乐时,它会更好地掌握形象的主题。因而知识不仅属于哲学家,而且也属于在某种程度上与哲学家共同拥有“比拟”天性的所有人。

知识以老师与学生之间的关系途径自然地从一个人传至另一个人。既然事例不过是头脑中已经意识到的事物的相似物,很显然,它们的作用只在于使理解变得更快更容易。它们使理解变得更快是因为它们所表现的事物的形象能给人以快感。这是诗产生的第一个原因。

第二个原因是人天生喜爱音韵与旋律。说到旋律,那些具有听赏、鉴别旋律和音韵天赋的人可以把它调配成韵。因此,灵魂对描写、音韵和旋律的天然喜好就是诗艺传统产生的原因——特别是对那些对此有特殊天赋的人而言。

一旦人们聚集在一起,组成一个社会团体,诗的艺术就开始在团体中发展起来,这是一个逐渐发展的过程。他们首先发现了一小部分诗的艺术,接着又发现了另一部分,直到最后诗艺臻于完善。各种诗根据不同的人对不同种类的诗歌喜爱程度有别而达到完美。

还有,善良而高贵的灵魂自然会首先发现那些赞颂美好行为的诗的艺术。不太高贵的灵魂则发现那些贬斥、鞭笞卑鄙丑恶行为的诗歌。不过,想要鞭笞丑恶的诗人必须赞美善人善事,这样才能更充分地揭露邪恶——例如诗人在描述恶行时会紧接着写与之相反的善行。

这就是本章(《诗学》第四章)所包含的适合于所有(或绝大部分)民族的内容。其他的内容都(或大部分)仅适合于希腊诗歌及其诗学传统。本章划分了希腊人所作诗歌的种类,分析了每一种类的自然起源,指出了它们出现的先后顺序,并特别强调褒贬艺术,这是希腊人十分看重的。他也指明了是谁最先开创每一诗歌种类,谁加以补充,谁使之完美。在这一章中他特别推崇荷马,认为他为所有这些诗歌种类提供了首要的原则,在他之前没有谁在褒贬艺术或任何其他希腊人已知的诗歌种类方面取得过值得注意的成就。

亚里士多德:最早出现的是很简单但是有缺陷的韵文,因为早期的人类更容易理解这种韵文种类。"更简单"指这种韵文由很少几个音节构成;"有缺陷"指它很少有旋律和分段。

亚里士多德:这种韵文最早为人类灵魂所知的一个表现是,在论争中,发言者为了追求速度和简洁,往往只引用一首诗的一半而省略掉另一半。依我看,他指的是律师在辩护时的表现。当他们说"不,不是"时会提高声调;当他们说"不是这样的"时也会提高声调、加大音量。这种否定回答与具有旋律和音韵的半篇韵文很相近。像在其他艺术中一样,更完全的韵文不到最后是不会出现的。

第五章

亚里士多德:谴责艺术所表现的不全是邪恶,还包括那些应遭贬斥的、病态的,也就是极为卑下、不可救药的行为。

亚里士多德:无可挽救的罪恶有三种因素,它们都会表现在卑鄙者的脸上,这就是扭曲的、丑恶的表情,卑劣的品行和不思进取的习性。同样的表现在一个发怒的人脸上也可以看到,尽管是出于不同的情感。发怒的人面部表情扭曲、心胸狭窄、面对挑衅者怒火中烧。

亚里士多德:优秀的赞美诗歌(如史诗)使用长音步。晚近的作家们不用以前的赞美诗和其他诗歌所使用的那种简单音步。最恰当的音步是单一而不是混合的。但是重要的是不能过分冗长。最后要注意的——即赞美艺术的要旨——是,它应该是对一个具有普遍适用性的全善行为的比拟和描写,而不是仅适用于个人善德特例。我补充一下,当语言有了旋律和音韵,语言的表现功能就很完备了。除了对韵律和语言的掌握之外,诵诗者还具有其他使语言更具表现力的能力——比如摇头晃脑、变换表情等,就像《修辞学》中所解释的一样。

赞美艺术首先要(用文字)表达高贵的思想,以产生想象性激励。然后用适合表达思想的旋律和韵律去加强它。诗的旋律使心灵做好了接受被表现事物的形象的准备,使心灵对被比拟者的描写变得非常敏感,并且很乐于接受。事实上,每种诗都通过本身的和谐与构成规定了适宜接受它的心灵。我们可以发现尖锐急促的音调适合于那种不适于用“重”调的谈话。这是我们应有的关于和谐、音韵及其构成的观点。

那些背诵、讲述和加强诗的想象内容的人们能够给人两方面的印象。其一是关于性格与习惯的效果——比如当一个人背诵一个聪明人或一个怒气冲冲的人的讲话时。其二是关于人的信仰、观念的印象,因为一个言必有据的人与一个信口胡说的人给人的印象是不同的。在悲剧中,背诵或讲述的效果应该是那种确定无疑的人的印象或形象,说得严肃一点,就是没有滑稽好玩的东西。这样的语言才像是具有最好的性格、思想和行为的人的语言。背诵悲剧的人所必须创造的就是这样的人的事迹和命运带给人的印象。

包含比拟、描写或摹仿的情节就是传递这两种效果的摹仿性作品。我指的是由这样的材料构成的情节:其描写要么以本身真实的东西为基础,要么以传统的诗的虚构为基础,甚至就是一个杜撰的故事。这就是为什么诗会被称作“寓言”。

总而言之,诵诗者和讲诗者都具有表现人的性格和思想的能力。

第六章

亚里士多德:悲剧,也就是赞美艺术,应分六个部分,即以讲故事的形式出现的描述性用语(即情节),性格,韵律或音调,观念(即思想),才智和歌曲。这一观点的标志是:所有诗的语言都被划分为“比拟”和用来表达“比拟”的方法。这些方法有三种——描述、格律和歌曲。被“比拟”的也有三个方面:性格、思想和才智。才智是对一种思想真确性的证明。

因此悲剧有六个部分，其中最重要的是性格和思想。悲剧不是对被个别感知的人本身的模仿，而是对他们诚实的品性、值得赞美的行为和思想的模仿。性格包括行为和道德倾向，是六部分中的一个。行为和德行包含于其中。

“才智”是对值得赞美的思想之真确性的证明。阿拉伯诗中根本没有这一部分内容，但在法律文献中可以看到。这样，性格、思想和意义这三者通过三种途径——想象性用语、格律和歌曲——表现出来。

亚里士多德：使情节生动的因素有两个方面，即通过对事物对立面的描写来给事物下定义，然后转向其真实的意图——希腊人称之为“间接”法（即从反面着手）；或者让事物本身出现，不涉及其反面——他们称之为“意义”法（即揭示）。也就是说，六部分中首要和基本的部分是情节中使用的描述性语言。其次是性格。在早期时代，描写集中于性格——即被表现事物。描写或摹仿的确是赞美艺术的目的和基础，因为当我们提及一个话题时如果不描述它，就不能令人愉快，但是如果对之进行描述，就能产生愉悦、激起兴趣。因此当我们看到某事物以自然形态存在时通常不会感到愉快，但用线条和色彩描绘出的事物的影像则能给我们以快感。这就是人们之所以要从事绘画和描写艺术的原因。

悲剧的第三个部分是思想。思想是表示一事物是什么或不是什么的力量，相当于我们在修辞学中宣称一事物存在或不存在，但修辞学都是通过具有说服力的语言来说明的，诗则通过描述性语言达到同样目的——这种描述在法律用语中也可以找到。

亚里士多德：斯巴达立法者们对公民们头脑中来自诗的语言的牢固观念感到满意，但后来人们开始走上修辞学之路。

描写、影响思想的诗歌语言与描写、影响性格的诗歌语言之间的不同在于:影响性格的语言推动我们行动、做什么或不做什么,但影响思想的语言只会让我们相信某物存在或不存在,而不会去追求它或拒绝它。

第四部分是格律或节奏。这一部分的完美状态是适合于诗的意图或目的。有时一种节奏适合这一目的,却不适合另一目的。接下来的第五个部分是歌曲,这是触动灵魂、令人难忘的最重要的部分。

第六部分是才智——即对思想和行为的正当性作出讨论或证明,但不使用说服性语言。说服性语言既不包含在诗的艺术之中,也不适用于诗。诗的艺术使用描述性语言。事实上,诗的艺术——尤其是悲剧——并不包括逻辑推理或哲学沉思。因此赞美诗不像修辞学那样使用手势和面部表情。

亚里士多德说:阐明或教导如何的理论比作诗本身更好、更重要。每一种包含着如何完成任务的技巧的理论都比技巧本身更有价值。

第七章

在讨论了什么是悲剧、悲剧如何构成、包含哪几个部分之后,我们来谈一谈什么因素能使这些部分变得十分精彩,而诗就是从中产生的。在思考悲剧和其他形式的诗时,我们都必须谈到这些因素,因为它们可以说是这些诗的形式存在的第一原因和基础。

艺术产生的原则有两类,一类是必不可少的,另一类则是为了完善和修饰功能。

我们可以说悲剧应该最大限度地适合它自己的目的——也就是说,通过“比拟”和描写,它应该达到它的自身性质所能允许它达到的高度。在此有几个因素起作用。首先,所写内容应该有一定的容量,以便成为一个完整的统一体。既然是完整的,就应该有开头、中间、结尾。开头引出主题,不能与别的开端混合在一起。结尾紧随事件的结束之后,不能在其之前。中间部分在开头之后、结尾之前。中间部分比两个极端要好,因为它位于这两者之间。在战争中最勇敢的人也是占据这一位置的——懦夫和莽勇者之间。这是中间位置, 因此一部作品的精彩之处是中间部分。中间由两端而来,而不是两端由中间而来。中间部分不仅仅是结构位置意义上的中间,还是全篇的内容之精华所在。这样诗的主题就会有开端、中间和结尾,每一部分都有适宜的长度。同样,由这些部分构成的整体也就有一定长度,而不是随心所欲的。

作品的优秀来自两个因素,一是布局,一是巨大的容量——因为当我们谈到事物的一般特征时,我们不会说一只很小的动物是很出色很美的。

诗的布局与讲课的布局相似。这就是说,如果讲稿比应有情况短就会言不尽意,如果太长又很难以给听众留下深刻印象。在这种情况下,布局就好像一个人在观察一个可见物体外表时的位置,如果观察者与物体之间距离适当——不太远,也不太近,看到的效果就很好。

教学中发生的一些情况也会出现在诗里。如果赞美的诗与它赞美的主题所要求的相比而言太过简略,它就不能涵盖所有该赞美的内容。如果太长,就不会给听众留下持久印象,当他们听到最后一部分时已经忘了第一部分的内容。

在争论中用以肯定或驳斥的修辞学语言并没有一个确定的长度,这就是为什么人们用水表来测量争论双方的发言时间,像主要使用省略三段论的希腊人的传统那样;或者使用日晷来测量,像我们自己的传统那样,因为在我们的合法论争中,为了使自己可信,我们所使用的许多材料都取自争论的话题之外。如果悲剧里有论争性语言,人们理应用水表或日晷来测量辩论的时间;但是因为事实并非如此,诗的艺术就应该有一个自然的限度,就像任何自然存在的事物都有一定体积一样。任何活的生物,如果其生长不遭受意外事故的阻挠,都会达到它本性所限定的体积,诗也应该是这样,尤其是如下的两样描述——即从描写一事物的对立面转至事物自身,或者是直接描写事物本身,不涉及它的反面。

第八章

亚里士多德:一首诗歌要想很精彩、吸引人,它就不应该对围绕诗所描写的单一主题发生的所有事情面面俱到。许多事情是在同一主题下发生的,同样,许多行为也是为了同一主题。

亚里士多德:看来并不是所有的诗人都集中于一个主题的。相反,他们从一个主题跳向另一个,不会集中于同一事件上——几乎所有诗人都如此,除了荷马。

阿拉伯诗歌中经常可以发现这种情况,在现代新诗,特别是赞美诗中尤为如此。当他们要赞美某个主题时,他们就像一匹精力充沛的马或一柄利剑,会离题而去,将时间浪费在赞美主题所示的任何事情之上。

总之,这里的艺术应该模仿自然,也就是说,根据单一主题、单一结尾，所有已做的都是应该做的。这样接下来的结论是“比拟”和描写应该统一；它们所写的主题应该是一个；各部分应该有一定长度。应有开头、中间和结尾，中间是最好的，因为所有事情都应围绕统一性来安排——诗的精彩之处也来自合适的布局。若安排不当就不能获得最佳效果。

第九章

亚里士多德：从上述有关诗的对象可以清楚地看出，虚构的描写不是诗人的工作。这些虚构作品被称为谚语故事和警世故事，例如《伊索寓言》中的故事。讲述存在或可能存在的事才是诗人的任务，这些事或是值得追求的，或是应当规避的，或是事件的精确相似物，就像我们在描述性文字中见到的那样。格言和神话的创作都不是诗人的工作，尽管其在创作也要用格律。虽然是有韵的，它们却是通过故事本身来达到其创作效果的，也就是说即使不用韵律也能达到同样效果。它们以审慎的方式传达着一种教育意义。诗人不能通过刺激想象力，而只通过韵律来达到这种效果。寓言、格言故事的创作者虚构出一些显然并不存在的个别事物并为它们命名。诗人则只可以给那些已存在的事物命名。诗人有时使用一般词汇，因此诗的艺术比虚构的寓言故事更接近哲学，这就是亚里士多德所说的模仿自然的希腊诗歌和贴近自然的社会性诗歌。

亚里士多德：在赞美的诗或悲剧中，人们应该保证模仿性描写所表现的绝大多数事物都是自然存在的事物，而不是虚构或想象，因为诗的目的是要影响自发选择。诗中描写的行为若是可能发生的、可能成真的行为，就会有很强的说服力，从而深深地激励着听众的心灵——也就是说,它会唤起诗的信仰,感动着心灵去追求或拒绝什么。悲剧从不为那些在自然中根本不存在或很少存在的事物假造名称。例如诗人不能把慷慨当作一个人来写,赋予他慷慨者的行为,描写他,赞美他。即使有时这样做会收到不错的效果,因为这个虚构主体的行为和情感与自然存在的事物相同,在悲剧中靠这些构思来达到效果也是不合适的,因为这种想象性激励并不能吸引大多数人。相反,大部分人是嘲笑和攻击这种做法的。在阿拉伯诗歌中,本章所讨论的诗的出色之处可以在下面几行阿尔 - 阿萨(al - Asa)的诗中见到,尽管它们并不能激发美德:

由于我的生命
许多只眼睛凝视着山顶
那熊熊燃烧的火光
于是有两只冷冷的眼睛穿过黑夜
熠熠生辉,发出温暖的光芒

这些观点清楚地表明,一个人如果不通过创造一定数量的情节、韵律或节奏以形成比拟和模仿性描写,他就不是一个诗人。诗人只为那些自然存在的并关涉选择的事使用“比拟”。他的任务不仅是模仿和表现存在者,也要模仿和表现人们认为可能存在的事物。在后一种作用上他作为诗人的意义并不比前者更少。没有什么能够阻止他像写现存事物那样写那些事,这种创造性情节在诗对想象的激励中并不少见。

技艺娴熟的优秀诗人不需要借助外在因素,如表演姿势、面部表情,来加强他的描写效果。只有那些貌似是诗人(其实不是诗人)的人才使用这些手段,真正的诗人只有在想揭露假诗人的行为时才会使用它们，这些手段与有才艺的诗人格格不入。

有时候优秀的诗人迫于时间、地点的因素也会借助一些外在于诗的基本因素，这是因为模仿并不仅仅针对那些能够明确完整地被模仿的事物，还会涉及一些难以用语言进行完全模仿的事物，这时就要借助外在的手段——尤其是模仿思想时。既不是动作也不是物质的东西，读者是很难想象的。

有时外在手段与诗的形象混为一体。如果这种情况碰巧发生了，而且不是事先安排的，那它就是一个奇迹，因为碰巧发生的事本来就是奇迹。

第十章

亚里士多德：许多诗的成功之处在于它简单的、没有过多枝节的模仿，但也有许多诗的成功之处在于它的“比拟”和模仿的多样性。同一件事可以表现在不同行为中，因为有的行为动作简单、单一，有的则很复杂。在模仿和描写中就是如此。简单模仿使用两种表现途径中的任一种——即“间接”法（或称“反证”法）或“直接”法（或称“揭示”法）。

混合性模仿则两者都用——它可以以“间接”法开头并转而用“直接”法，也可以以“直接”法开头，然后用“间接”法，二者之间有很大不同。

亚里士多德：我指的是对被赞美者的对立面的间接模仿。这样心灵先是拒斥、鄙视这个对立面，然后又从这种消极状态转变为对被赞美者的模仿。例如，如果一个人想模仿或描写成功及其相关事物，他应该先模仿失败及其相关事物，然后再转向前者。他的做法就是将他对失败的描写再反过来写。

直接模仿描写事物本身。

亚里士多德：直接与间接相结合就更好。

亚里士多德：有时候直接模仿和间接模仿用于生物和非生物时并不是为了鼓动人们去追求或拒斥它们，而仅仅是为了唤起想象。我把这叫作“准确的模仿”。“直接”法——其实是“直接”法和“间接”法——在阿拉伯诗中最常用于无生物。例如诗人阿尔－穆坦纳比（al－Mutannabbi）①的下面这几行诗：

像你常常去幽暗的门口——
比深夜出没的狼还要狡猾，灵巧如狐——
我如此频繁地去拜访它们
夜的黑暗将我掩护
归来时遇到刚晓的白昼

这首诗的第一部分是“直接”法，第二部分是“间接”法。因为二者兼用，产生了很好很美的效果。

亚里士多德：人们将“直接”和“间接”法用于询问和辩驳。

“直接”和“间接”模仿有时令心灵产生怜悯，有时则激起恐惧，而这正是赞美高尚行为和谴责卑鄙行为时所必需的。

亚里士多德：我们已描述的这两种都属于悲剧。还有第三种，那就是产生动物性情感，如怜悯、恐惧或悲伤。所有值得怜悯的事件，如朋友所处的险境、父母的死亡以及其他人生常见的类似事情，

---

① ［译注］荷曼卢斯通常把他引作阿比苔布（Abi at－Tayyibi），参见波杰斯，页669。

都包括在这一类里面。事实上这就是激起怜悯和恐惧的缘由,这构成了表现值得赞美的事物的希腊诗歌的大部分内容。

第十二章

亚里士多德:以上是关于悲剧的质的方面。下面我们谈一下悲剧的量的部分。在这里他提到了适合于希腊诗歌的一些部分,其中有三个部分可以在阿拉伯诗歌中找到。第一个部分出现在修辞学意义上作为开端的诗中。在阿拉伯诗中这一部分常常提到高楼大厦、断垣残壁,此后是序言和慰藉辞。第二部分是赞美的正文。第三部分相当于修辞学的结论。在阿拉伯诗歌中这一部分在绝大多数情况下都是对被赞美者的祝祷或者对诗本身价值的评价。

第一部分最值得注意,也最为人所熟知,因此他们把从第一部分向第二部分的过渡叫作“接下来”。有时候他们直接进入赞美,把绪论抛在一边,就像阿布 – 塔曼(Abu – Tammam)所说:“当然,我应该在说与做之前有所迟疑。”还有阿尔 – 穆坦纳比的诗句:“人们喜欢自己生命中早已习惯的东西;赛夫 · 埃德 – 杜拉提(Saifu ad – Daulati)的长矛习惯了刺向他的敌人。”

第十三章

在列举完希腊诗的各项要素之后,亚里士多德说:

在从质和量两方面列出悲剧各要素之后,接下来我们讨论赞美艺术,即悲剧,其效果从何而来,以补充前文所述。

第十四章

亚里士多德:如前所述,赞美诗的创作不能通过简单的模仿,而应该将三种方法——即“直接”法,“间接”法,以及激起怜悯和恐惧之情、触动心灵的方法——结合起来使用。颂歌是赞美诗的一种,其目的是推动读者追求美德,它应该由对美德和能激起怜悯和恐惧的事物的描写构成。这些事物会令人不安,比如不幸无端降临到好人头上。这种情况其实对心灵是一种强大的刺激,促使其接受美德。

诗人从描写美德转向描写邪恶或者从描写好人转向描写恶人并不能推动或强迫一个人行善,如果这种转向既没有产生强烈的爱,也不令人恐惧的话。这两种情感在赞美的诗中都可以找到,它们产生于对美德的描写转为对降临于好人头上的不幸和罪恶的描写之时,或者产生于对恶德的描写转向对极端善良的人的描写之时。你会发现许多亚里士多德称之为合法语言的描写,因为它们是赞美的语言,能激发令人称道的行为。比如约瑟夫和他的兄弟们的故事,以及其他类似的被称为“劝世事例”的历史故事。

亚里士多德:怜悯和同情产生于当我们得知悲伤不幸无端地落到不应遭受不幸的人身上时。害怕和恐惧产生于不幸,是因为担心不幸会落到那些不如诗中人物有价值的人——即那些自知不如诗中人高尚的观众——头上。悲伤和怜悯产生于不幸,是因为不幸发生在不应遭受不幸的人身上。当一个人简单地提到美德本身时,并不包含恐惧不安、怜悯或者爱这些感情。想要感动人、使人向善的诗人必须去描写能唤起悲伤、恐惧和怜悯等情感的事件。

亚里士多德:用诗的艺术的术语来说,赞美歌是美的优秀的艺术,其根本在于对美德、对悲伤的事件以及那些能激起恐惧、唤起怜悯的事件的叙述。

亚里士多德:批评诗人不该写虚构的或历史性故事,也不该认为这些故事对赞美很有用,这种做法是错误的。在关于战争的赞美诗中,还有激起愤怒的东西。愤怒是一种由报复的热望激起的悲痛和烦躁,比如回想起父母的被害,以及其他类似的降落到好人头上的事件时的情形。这种情况会在听众中间唤起对美德的热爱,也会使他们因担心某一天会失去美德的好处而感到恐惧。

有些诗人也在赞美诗中描写恶行和缺点,这是因为他们运用的是"间接"法。但是对缺点的指责嘲讽更适合于讽刺喜剧而不是悲剧,因此不应把它们在悲剧中的存在与它们的主要用途联系起来,而只能视之为追求"间接"模仿的途径。当一首赞美诗提到缺点时,没有理由不立即提到被赞美者的仇敌们。

写赞美诗只是为了纪念朋友和所爱的人的事迹。朋友的朋友和敌人的敌人是不会被赞美或谴责的,因为他们既不是被赞美者的朋友,也不是他的敌人。

亚里士多德:虚构故事应该是非常可怕、非常令人悲伤的,以致它就出现在"你的眼前",几乎就是你所看到的事物的真相。因为当一个虚构故事本身模棱两可、令人怀疑时,它就不能达到它所追求的效果。一个人不相信的事既不能使他感到恐惧,也不会让他产生怜悯。亚里士多德的上述观点说明了为什么许多不相信《圣经》故事的人品质卑下、道德败坏。人们天生被两种话语感动——逻辑的和非逻辑的。上面提到的那种人不会被《圣经》中的这两种话语打动。

亚里士多德:有的诗人在悲剧中描写那些只唤起钦慕而不令人恐惧或悲伤的事。你可以在《圣经》中找出许多这样的段落,尽管阿拉伯诗歌和我们今天的诗中都没有这种赞颂美德的诗歌。

亚里士多德:这种悲剧形式(即钦慕的悲剧)是毫无效果的。除了那种通过想象趋向美德的愉悦,诗的艺术不追求任何别的美德。

亚里士多德:我们知道什么事物的描写能令人愉悦而不必忍受恐惧。要确定哪些事物的描写既使人恐惧又令人愉悦,只需看看哪些苦难的经历是容易降临到人身上的,哪些事物又是微不足道、不会激发巨大的悲伤和恐惧的。理想的情境是朋友之间发生的一些故意为之的事,如父母的谋杀、危险、不幸以及其他类似的伤害等,而不是敌人之间的事情。同样一件恶行,如果是敌人做的,人们既不会感到悲伤,也不会为之痛苦或害怕;但如果是朋友犯下的就会令人悲痛和愤怒。来自第一种情况的痛苦在程度上不能与所爱之人犯恶行带来的痛苦相比——如兄弟、父子骨肉相残。亚伯拉罕的故事就是一个这样的事例。他被要求用他最心爱的独生子献祭,这的确令人同情,能激起十分强烈的痛苦和恐惧之感。

亚里士多德:赞美应该只属于那些出于自由选择和知识的出类拔萃的行为。有些行为以自由选择和知识为基础,有的则不然;有的具有知识基础但不出于自由选择,有的则相反。同样,有些事情是谁做的一目了然,有些则不然。既出于无知又没有自由选择的事不值得赞美,由无名之辈做的事也是如此,这些事情更适合于虚构故事,而不是入诗,所以不应在诗中表现。明显地出于自由选择和知识,由认识的人所做的事是最配"赞美"和最值得称颂的。

第十五章

亚里士多德:现在我们已经充分地讨论了如何正确处理可以入诗的事物以及这些事物怎样构成。接下来将讨论性格——即讨论在赞美的诗中应表现哪些品质。

我们说适合在赞美诗中表现的——即对观众而言是优秀的——性格有四个方面。

有一些是那种内在于被赞美者的好的、善的品质,心灵也易于接受对真正存在于被赞美者身上的品性的描写。有些善的品性在所有人身上都存在,尽管人身上可能有一些不好的东西。

第二个方面是从属于赞美主题并且适合它的一些品质属性。有些品性是属于女人但不适于男人的。

第三个方面是具有整体的完满性。

第四个方面是中间性格,意即位于两个极端之间。

关于上述几方面的一个恰当的例子是:没有一个人会因为不良的、反常的习惯和性格而被赞美;同样,没有人会因为不适合他的品质而被赞美,即使是好的品质;也没有人会因为适合于他的品质而被赞美,如果这些品质不是建立于看似真实和恰如其分的基础之上,或者不能充分满足其目的。

至于哪些品性是好的、值得赞美的,要根据真理或大多数人的意见或者类似的标准来判断。所有这些品质都适于赞颂——即那些符合真理或者与被大多数人视为正确的东西相一致的品性。

亚里士多德:诗或其他韵文的序言和结语都应该以总结的形式叙述被称颂主题以及被赞美者的品性,就像修辞学的结论那样。诗人也应该将无关紧要的描写排除在诗之外，除了那些直接的、听众能够忍受的内容，这样他就不会因写得过多或过少，或者离题，而受到批评。

亚里士多德：相像和描写与对代表着最高美德和善的事物的赞美紧密相连。正如高明的画家能够非常逼真地描绘出一件物品，他也可以用他的绘画表现出愤怒、幽默和懒惰——尽管这些品性本来是属于心灵的——诗人应该用同样的方式按照事物本身的样子以及他所能写出的样子来描绘事物，这样他就模仿和表现了性格、心灵和习惯。在这里亚里士多德提到了诗人荷马以及他描写一个人（阿喀琉斯）的性格的诗句（《诗学》第十五章 1454b），阿尔·穆坦拉丁的一段诗展示了这种诗歌——我指的是描写想象中的心灵的性质的诗——的特点，这段诗句写的是一个罗马信使前来拜谒一位名叫萨夫·埃德－道拉堤（Saifu ad－Daulati）的阿拉伯国王时的祝辞。他写道：

当他走向您的时候
由于畏惧，他几乎无法控制自己
筋酥骨软
仿佛站在两军对峙的防线之间
他强迫着自己颤抖的双腿
向您迈进
尽管动摇的意志希望它们停止不前

亚里士多德：在唤起想象的诗句和模仿性描写中诗人应该使用传统材料，在隐喻中则不应离题。

第十六章

亚里士多德:以这种方式起作用的暗示性符号有很多,其中之一是,对可见事物的描写应该通过可感形象让观众心生疑问,让他相信被描写的事物本身就在眼前,因为形象能够传达出被描写事物的外形。例如人们把有的星群叫作"巨蟹座"或"猎户座",因为人们听到这些名字就可以想象出它们所代表的事物的样子,仿佛形象就是事物本身一般。阿拉伯人的许多隐喻性类比就是如此。他们把用作比喻的词叫作"可疑的"——也就是说,这些词语会唤起想象,以至于它"怀疑"被表现事物是否真的存在——形象越逼真,使用形象的隐喻就越完美;形象与真实之间差距越远,隐喻就越拙劣。蹩脚的隐喻距离它们要表现的东西很远,是应该回避和拒绝的。例如诗人伊鲁马-奎斯(Imru'u'l-Qais)写一匹瘦骨嶙峋的母马:"你的马像一根旧矛柄。"还有:"当她过来叫她'波浪中的母熊';当她来时说'女骗子,水中没有足印'。"这句话比第一句要贴切,因为它包含着一定的对照。

当事物具有与思想类同的特征时,形象可通过这些可见事物来表现思想,这样思想就变得可以理解了。例如有一句关于恩惠的格言:"那是套在你脖子上的一条锁链。"还有关于礼物的:"对接受者来说,它是镣铐。"阿拉伯人有许多这样的隐喻。我们应该拒绝这些愚蠢不当、缺乏比拟的隐喻。但是在一些现代诗,特别是阿布·塔曼(Abu Tammam)的诗中经常可以发现这样的隐喻,比如他说"不要用指责之水来浇灌我",其实水和指责并无联系。下面这句话更不合适:"死亡是凝固的牛奶。"

正如人们应该拒绝那些距离它所比拟的东西很远的隐喻一样,人们也应该避免使用以卑贱事物为基础的隐喻,转而从高贵的事物中获得隐喻。然而,有时以高贵事物为基础的隐喻会被用于卑下的事情,正如阿布－莱亚姆(Abu－Najm)的诗中所说:"夕阳西下了,你还没有完成;太阳已有一半隐在了地平线下,像一只斜睨的眼睛。"另一位诗人对萨夫·埃德－道拉堤国王的赞美诗也是如此:

现在罗马人明白——他们是那样不幸,
您会面对他们和他们的议会
他们像躲在墙洞中的老鼠
而您就像一只猫,准备扑过去抓住他们

亚里士多德:还有的诗的表达方式更适宜于说服读者、产生信仰,而不是唤起想象或诗的描写。比起隐喻和诗的描写,它们更接近于修辞学的例句。亚里士多德在这里提到的诗的表达法经常出现于阿尔－穆坦拉比的诗歌中,例如他写道:"用灰尘把眼睛弄黑不等于拥有了黑色的眼睛。"以及:"当太阳为你升起之后,你就能忘掉土星。"这种表达法的一个很吸引人的例子就是诗人阿－海丹尼(Abu－Fiars al－Hamdani)的一段诗:

我们人类从不满足于平庸无奇
我们或者位于繁华世事的中心
或者安静地躺在自己的坟墓里
为了获得荣耀我们很少重视生命
就像一位将要娶得可爱的女子的男人
从不在乎丰厚的嫁妆。

亚里士多德：第三种描写能够唤醒对他人的记忆。这就是说诗人在诗中写了一些能够让人想起另外一个人的事情，无论是谁读到关于这个人的诗句都会想起他，如果他已经去世就会悲悼他，如果他还活着就渴望见到他。这样的描写在阿拉伯诗歌中也很常见，比如诗人鲁瓦尔(Mutammim - ben - Na Waira)的诗句：

当有人问道：
无论是什么坟墓你都要悲悼
都使你重历你在朋友墓前的悲伤
这样的悲伤何处是尽头？
我回答说：
普遍的不幸能唤起个人的哀伤，
所以每一座坟墓都会使我想起玛丽卡之墓，
让我潸然泪下。

阿拉伯诗歌中还可以找到许多这样的纪念性诗句，它们要唤起对死者的悲伤的记忆或者表达所爱的人的不幸和悲哀。在阿拉伯语中这类诗歌在挽歌和悼词中最为常见。

亚里士多德：第四种描写或模仿——即隐喻性“相像”——会让人想起这个人很像另一个同类的人。这种“相像”仅限于事迹和性格，正如当有人说“瞧，第二个柏拉图来了”——意思是一个叫苏格拉底的来了，说话者认为他在性格上像柏拉图。诗人伊鲁马 - 奎斯在几句评论某个人的诗中所用的也是这种形象：“你可以从他身上认出他父亲及其全部的性格。”

相似性陈述与以隐喻为基础的“相像”不同。“相像”还会留下一些疑问。但是对两人之间相似性的陈述或公开断言(即当有人说

“这个人像那个人”时）就是一种真正的表述，就像“精确相像”的物体。

亚里士多德：第五种描写是夸张法，非常老练的诗人善用这种方法。阿拉伯诗歌中也很常见，比如诗人埃－杜巴尼（an－Nabiga ad－Dubyani）的句子：

他放出他那只狂躁不安的狗
它跑得比风还快
在石铺的街道上
燃起一道狂吠的火焰

还有诗人阿尔－穆坦拉比的诗句：

你的敌人被每一条舌头嘲讽
如果太阳和月亮是你的敌人
它们也会遭到嘲弄。

在同一部作品中还有：

如果你的灵魂蔑视天空的变化
那这变幻肯定要被阻止。

阿拉伯诗中有大量这样的夸张表达，但是在最尊贵的《可兰经》里，在用诗的形式写作时却没有任何逻辑的或诡辩的表达方式。然而这种表达法有时在一些学识渊博的诗人写自然事物的作品中会起到很好的作用，例如阿尔·穆坦拉比的诗句：“在他饮马的水中/没有一个浅处能让血脉畅流。”在另一首作品中他又写道：

请不要为了美貌
穿上丝绸紫衣
要吐露你内在的美丽；
请不要为了装饰
盘起你的头发
而要担心失去你的魅力。

亚里士多德：第六种描写是广为人知的，阿拉伯人常常使用——那就是将一种有生命物体的性质归于无生命的东西，如语言或理智。希腊人把这种修辞格叫作 Prosopopeia［人格化］，也就是说，一种无生命的物体被赋予语言和应答的能力，从而仿佛产生了一个新的人。例如有位诗人在哀悼一座宫殿里的居民时写道：

哦，尊贵的殿堂！
当我看到你的坚固，我感动得热泪盈眶
宫殿颤抖着
为我的眼泪怜悯我的忧伤。
我对它说："请求你告诉我，谁曾在你的身上居住，
过着幸福的生活，高枕无忧地享受他们的时光？"
宫殿回答道："那些曾经居住的人都已随时间消失
他们留下了我，而我也会在某一天消亡
这得由时间来决定。
那时间洪流滚滚而去
没有什么东西能够永世恒常。"

阿拉伯诗人以各种方式运用这种修辞格，有关的例句还有许

多。亚里士多德在《修辞学》中提到了这种修辞格,并且说荷马本人也经常用到它。

亚里士多德:对被赞美的事物的直接描写和间接描写都只适用于意志的行为。这种技巧在《可兰经》中较常见——即赞美意志的值得赞美的行为,指责其无意义的行为——但在阿拉伯诗歌中却很少见到。除了很少量的讽刺、鞭笞坏人,赞美美德并鼓励人履行善德的诗歌之外,《可兰经》禁止阅读诗歌的虚构故事。

第十七章

亚里士多德:诗的叙述的成功之处以及使诗达到其目的的途径是诗人非常生动地描绘他所写的故事,让听众觉得那被描述的事物仿佛出现在眼前,既可以理解被描述的,同时也不会不理解那未被描述出来的。这种情况通常在技艺娴熟、经验丰富的诗人那里比较明显。然而这种让事物生动地出现在想象之中的技巧在阿拉伯诗中却无从见到,除了在写所爱者的行为事迹的挽歌中或者诗人仅仅希望达到想象的准确度时。例如,诗人伊鲁-奎斯(Imru'u'l-Qais)写一对情人的对话:

当我得知她的丈夫正在睡觉
我的心因为一道奔流的激情而燃烧
但是她低声地拒绝:
"你想要毁掉我吗?
你不知道还有人醒着吗?"
我回答说:"我在被一股

我想要扑灭的火焰炙烤。”

另一个只追求准确性的想象性描写的例子是诗人杜－鲁玛(Du′r－Rumma)描写一只燧石点燃火把的诗句：

一点耀眼的火星，眼睛般闪光，
在敲打中跳出。
我说：“为它选一个休憩的小窝吧，
拿来干干的火绒，
再请风的呼吸来把它唤醒。
用你的手捧着它，别让它熄灭。”

阿拉伯人在诗中叙述各种事件时——如战争等——也运用这种技巧，在这里他们的故事是可以检验的。穆坦拉比是最擅于运用这种描写的诗人，这从他的诗中可以清楚地看到。据说他不愿描写他的主人萨夫·埃德－道拉堤国王的任何事迹，除非这些事发生时他本人在场。对他来说，亲自目击的事要比别人转告的事更好理解。事实上每个人在讲述那些他自己理解并亲眼看见全部过程和情况的事情时都会做到最好。这样的人能够非常出色地描写、表现诗的人物——即通过想象性模仿、音韵和旋律来表现。

亚里士多德：列举直接描写的模式种类会写得太长、耽误太多时间。他这样说意味着不同民族有着许多不同的诗歌种类。

第十八章

亚里士多德：每一首赞美歌中都有一定部分组成“结”，另一些部分组成“解”。最接近希腊诗歌中“结”的部分的是我们称之为“接续”的那部分内容。在这一部分中挽歌体转向悲剧体(即赞美的歌)。此外,正如我们前面几次提到过的,这种介绍对赞美歌的其他材料来说具有序言的性质,它使赞美看上去显得更美。

“解”是一部分与另一部分的分离;也就是说它使各部分独立存在。“结”在现代诗歌中非常常见,如阿布－塔曼(Abu Tammam)的诗:

在沙漠的酷热和洞穴中
我和骆驼相伴度日
我为天空的飞鸟准备了盛宴
用那为死去的动物唱的哀歌
慰藉的花园距我遥远
所以现在,我终于找到了休憩的地方
我想到了赞美的歌

在这几句开场白之后,他开始进入主题,赞美他想要赞美的人。阿拉伯诗歌中还有许多这样的例子。

亚里士多德:有四种赞美的诗。有简单的,也有讨论过的。第一种是间接式;第二种是直接式;第三种是情感式,这些诗写地狱中的人,因为在那儿人们会感受到持久的、无法安慰的悲哀。第四种由以上两种或三种混合而成。你们应该知道我们没有在阿拉伯诗人的作品中找到这四种有关意志行为的诗歌的例子,但是在神圣的经卷——《可兰经》当中可以经常发现它们。

亚里士多德:有些人善于用长韵,有些则喜欢用简短的韵步,这些就是我们叫作“简洁式”的诗歌格式。原因在于一个好的、有才华的诗人应该按照事物本身真实的、恰当的性质去描写事物,这样他的描写就是很好、很贴切的,想象的刺激就不会过多地偏离事物自身的性质。有的诗人由于传统的熏陶或者出于天性,很善于让人想象那些少有恰当特性的东西。这样的诗人会写出“简洁式”的诗——不会很长。

另外一些诗人具有相反的倾向,他们对长句音韵的掌握很出色。他们或者出于传统习惯熏陶,或者天生就善于描写那些具有许多偶然因素和特性的东西。有时这两种促进因素——即传统和天性——都会对他们起作用。

亚里士多德:有的描写性的、富于想象力的作品适于使用长的音步和节奏,有的则适于短音步。有时候音步和节奏符合诗的主题但不适于诗的意象,有时情况则相反,有时又是两者都不适合。这些韵文的例子很难,或者根本不可能在阿拉伯诗中找到,因为阿拉伯语的音步很少。

亚里士多德:与诗的基本材料相联系的技巧有外貌的描写、音量的变化以及其他我们已经提到过的外在技巧。在绝大多数情况下,诗人在饱含感情的歌中会运用这些技巧,如挽歌以及其他悼念死者的或用于类似情形的诗歌。

第十九章

我们已经讨论了诗的内在的、以真理为基础的部分,它们构成诗歌并使之成其为诗;现在让我们讨论那些能够为诗歌增色的外在技巧性的内容。一般来说,我们称之为“激情诗”的作品要求有表演手势。因此这些技巧如果要使用,就应该用于这类诗歌。这些姿势能十分自然地表达出语言所暗含的感情。

从《修辞学》中你已经了解到激情的语言(即 pathos)以及这种语言所表达的情感种类(参见《修辞学》第二章)。事实上这些姿势更应当是《修辞学》的内容,而不是《诗学》。修辞学或诗学的语言所表达的感情是恐惧、愤怒、爱慕、憎恨、欢喜、悲伤,以及其他在《修辞学》中列出的心灵的情感。虽然,正如有些语言会激发这些情感,说话者的表情和手势也可以暗示出唤起这些情感的事物的存在,并因此唤起情感本身。观者或听众因此被感动,经受情感的煎熬。但是除了写情感的诗——或为了夸大或贬小某事物,为了倾吐悲伤、激起恐惧——倒不必使用这些形式和手势,因为正如前面所说的,以抒情语言为基础的赞美诗要使用这些技巧,尤其是在并不真实——即不能产生生动的形象——的抒情性诗句中。那些生动逼真的、富有想象力的、对对象的描写十分贴切的抒情性诗句不需要使用除了语言之外的任何加强诗的效果的外在手段。相反,因为仅使用语言,它们瞧不起那种太不完美以至于要依靠外在技巧来达到目的的诗句。这样的诗句本身是有缺陷的,能表现出那位诗人的语言效果——一位诗人想在国王科图比的心中激起对他自己的管家的愤怒。当着众多臣民的面,诗人对国王说:"您的管家认为您所依赖和器重的人是一个骗子。"这句话本身能十分有效地激起国王的愤怒,所以表演者不必再有什么动作或手势。

亚里士多德:有时候当那些熟悉面部表情的艺术的人(即演员)要求诗人使用外在形式和形体动作时,他也可以在任何一种诗中这样做。我将这些外形动作理解为语言或谈话的神态、宣称某事的神态、提问的神态、请求的神态、拒绝的神态等等。一个人宣布与询问时样子是不同的,请求和拒绝的样子也不一样。根据这一点,亚里士多德可以拒绝使用外在形态动作,因为它们会使诗的语言流于低俗,所以它们不能被当作诗的艺术的一部分,而是其他种类的艺术。

第二十章

亚里士多德:诗的语言包含七个要素,音节、连词、分解词、名词、动词、词格、语言。音节的组成要素即字母是不可分的。然而不是所有的字母都不可分,而是只有那些本身就恰好是一个音节的字母不可再分。这是语言构成的最简单的要素。事实上,动物的叫声不能区分出一个个字母,所以我们说它们的叫声不由字母组成,叫声中的任何一部分也不可以算作一个字母。

构成一个音节的声音有元音和辅音两个部分。辅音有两种,一种是发音时不用拖音加长的,如 TA 和 TE 中的 T,一种是需要加长的,如 RE 中的 R 和 Scin 中的 SC 等,这叫半元音。元音是由嘴唇、牙齿或者喉咙或嘴巴的某一部分颤动发出的。有一种元音是合成但又不可分的。我的理解是元音和辅音是不可能分开的,并且我认为阿拉伯语中被称为"主音""拖音字母"和"液态"或"软性"字母的就是所谓的元音。

半元音像元音一样有一定的拖音,但它本身不发出声音。辅音字母与元音结合可以发出声音,但它本身不发声。我理解为它在与另一元音结合并一起发音时能发出声音来。除非与能发声的字母(如 el 和 ed)结合,否则辅音没有声音。这些辅音在阿拉伯语中是被叫作"默音""静音"的字母。根据嘴唇和其他发声部位的发音形状不同以及它们本身的长短清浊不同,一般还根据它们在声音、节奏、韵律以及各种不同诗歌形式中的位置不同,可以把辅音区别为许多种。

一个音节是由元音和辅音组成的没有意义的声音。亚里士多德关于字母的看法是对的。单个字母不可能发出 el 或 em 的音,fatha[f]和 damma[d]也是一样。如果没有元音与辅音的结合就不可能发生声音。然而 fatha 和 damma 这两个声音的存在是最基本的,元音是次要的。一般来说,你应该知道一个声音要由两个要素组成,其中一个可以说是材料——即辅音,另一个是形式——即元音。讲阿拉伯语的人把元音叫作"主音""延伸音"和"软音"。

亚里士多德:连词是本身没有任何意义的复合音,如"和""于是""也"以及其他一些类似的、像一根线一样把叙述各部分连起来的词,或者用于句子的开头的词如"那"和"真的",以及表示条件关系的连词如"如果""当……时候"等等。

亚里士多德:分解词是本身没有任何意义,但能把词彼此分开,如"……或者……"(either…or…)这样的词;或者表示例外,如"除了"(except,except for)这样的词;或者表示对比,如"但是"(but)、"然而"(however)、"但是的确"(but indeed)等词。它们可用于句头、句尾或中间。在我们的语言里,"一个本身没有意义的词"被理解为那些在与其他声音——像连词的词缀——结合时产生意义的声音,而不是像字母那样简单的声音。因为根据语言规则,本身有意义且由几个声音——三个、四个或更多——构成的声音是名词或动词。名词本身有意义、表示一定事物且没有相应的时间概念。名词任何一个部分都不能表示事物的任何一个独立的组成部分。这条法则对简单名词和复合名词都适用。由两个名词构成的名词不依这条法则,以便它们中的每一个都指向这一由两个名词构成的复合名词所指事物的一个部分——如“野马”一词。

动词意味着某种事情，并且包含着相关的时间概念。它的组成部分不能表示事物的组成部分。动词的时间性使它与名词不同。“男人”和“白色”没有时间观念，但是“跑”(runs)和“跑”(ran)则暗示着现在时态和过去时态。

亚里士多德：词格或词的变化取决于名词、句子和动词。一个名词的变化与另一个同根名词相关，如“苏格拉底的”(of Socrates)或“对苏格拉底”(to Socrates)；句式的变化有祈使句或疑问句等等；动词的变化有过去时或将来时等等。原形动词则表示现在时态。这大致适合于古希腊语。句子是一个每部分都具有意义的复合表达式。被称为“句子”的表达式要符合两条规则中的一条：或者表达一个独立的事情或观点，如“人是一种动物”，或者是有一种因素将它联系在一起，比如我们说三段论是个句子，修辞学的讲演辞和诗歌作品也是。

第二十一章

亚里士多德：名词有两种，即不由有意义的几部分构成的简单名词，和由一些有意义的部分构成的复合名词，尽管这些部分分别意指着复合名词不能表示的独立的事物——如 famulus solis[行星]或 armiger[骑士]。

亚里士多德：每一个名词或者是本土语汇，或者借自另一种语言，或用作隐喻，或被杜撰，或被缩写，或被扩写，或被变形。本土名词很普遍。外来词则由诗人从其他语言中拿来插入自己的语言，正如相邻语言之间相互交换词汇。一个表属性的词被用作表示种类，如“屠杀”叫作“死亡”;或者表示种类的词被用作表示属性,如“改变”叫作“运动”;或者一类名词被用作另一类,如“强盗”被叫作“贼”;或者与第二个词相关的词在类比中被用作第三个词,或与第三个词相关的词被用作第四个(即若a对于b恰如c对于d时,将a用作c,b用作d),例如古人把“年迈”叫作“生命的夜晚”,把“夜晚”叫作“老去的白昼”。显然,年老与生命的关系恰如夜晚与白昼的关系。以上种种情况都是词的隐喻性用法。

生造的名词是诗人所发明的具有特殊含义的词,诗人是第一个使用它的。阿拉伯语中没有这样的名词,但在新出现的艺术中常常可以见到它们。当代诗人有时也使用生造的词,从隐喻中衍生出新的词义——就像阿尔-穆坦拉比谈到一个人在做他想做的事时很敏捷,他写道:“一旦你想到一个现在的词,你就要努力让它过时。”有时候他们还会使用非大众化的词形变换形式,如给一个非个人性的动词oportet[应当是……]加上一个个人化的结尾变成oporteo[我应该]或oportuisti[你原本应该]等等。

阿拉伯语中没有扩写或缩写的词。

修饰性的词的各部分有特殊重音强调。

我们已发现,亚里士多德所谓的“扩写词”指的是通过加上或减去一个音节而发生变化的词。尽管我们没有在事实上指出来亚里士多德所指的就是那些难以发音的名词,但从他的观点中可以明显看出这一点——他说这些词是希腊人用一定的音节构成的。“缩写词”在我看来指的是被称为“被改变”的那一类词。这一看法也来自亚里士多德的观点——这种词是通过去掉一个我们称之为“中略”的音节得来的。然而“转义”名词是一些以相似性为基础的隐喻,如希腊人把有的星星叫作“贪得无厌者”;或者以对照为基础,比如他们将太阳叫作“黑色的眼珠”;或者以效果为基础,比如他们把花环叫作“温柔”,把雨叫作“谷物”。

第二十二章

亚里士多德:最容易理解的话是熟悉的、合乎人们习惯的话,对任何人都不晦涩难懂,这种效果要通过为人们所熟知的、规范使用的名词来达到。他在文章中举出的名词都被称为“真的“和“标准的”。这就是你在这位诗人和那位——即古希腊的著名诗人们——那里所看到的。读者在这里也可以举出一些阿拉伯诗人,在他们的诗中可以发现这类措辞。

亚里士多德:一般的赞美辞由常规名词以及其他名词如隐喻、转义名词或意义模糊难明的词构成,因为一首诗如果完全不用恰当的、规范的词就会变成一个难解之谜。谜语由借用的、晦涩的(即隐喻性的)名词以及隐喻、俚语或类推的词构成。它包含着一些难以确定为某个独立意义的意思。谜语在阿拉伯诗人,尤其是杜罗玛提(Duromati)的诗中很常见。

温和而有节制的高贵的诗由就其用途而言极为精彩的名词构成。当诗人想要清楚简明地表达一件事情时,他应该使用意义特别明晰的名词。但当他想要愉快地、充满敬意地描写一件事情时,他就应该使用另外一种类型的名词。因此我们嘲笑有的人想要朴素清晰的文风,却使用晦涩难懂的词、俚语或者硬借生造的词。同样我们也嘲笑那些想把事物写得令人愉悦和钦敬,却使用陈词滥调的人,尽管一个诗人应该谨防过多地使用非常规名词,因为他需要有节制地使用谜一般的语言,以免他的语言变得全然不知所云。他也应该谨防过度使用陈词滥调,以免偏离了诗的语言的要求而堕入普通语言的路子。

亚里士多德:一些词与另一些词在量上(即声音)相似,意义上相同,对它们的强调应该是类似的,包含诗的语言的所有词汇。我们发现有些诗人在使用"非常精确"的词时显得很滑稽,但他们的诗并不缺少另外两个要素——重音、押韵以及量的相似。需要强调的是,所有的诗莫不如是。但是使用各种名词的诗在这一点上表现得尤为明显。

亚里士多德所提到的词在量上的相似是指某些词的整体或一部分字母数相同。我们时代的诗人把这种现象叫作词的相似或词的亲缘关系。

相似或押韵有许多种。或者是完全相同,如一位诗人说,"你没有看见死亡吗?/我知道死亡不会饶过任何人";或者是词的一部分字母或意义相同;或者是部分拼写与全部意义相同;或者是拼写全然相同;或者只有部分拼写相同;或者意义全然相同;或者意义部分相同。

拼写和意义均部分相同的例子是同一词根的不同变化形式。如诗人阿尔-穆坦拉比所写的:"Giving GROWS to the GROWTH of the giver;and givers are multiplied by the GROWH of giving."拼写部分相同而意义完全相同的例子是这样一个常用的表述:"Strike,and may the striking be hard."拼写完全相同而意义部分相近的例子是诗人经常用的类比名词:"One dog with the troops dines;Another in the stars shines."(在拉丁语中是 Castris 和 astris。)塞内加的名言"What is born with me(eritur) dies with me(moritur)"则是单词部分相同的例证。依照不同的谈话方式及不同词根,用不同的词表达同一事物，这种情况就是意义的部分相同，如 homo[人]与 anthropos[人]。homo 的词源是 factus ex homo[由土造成的]，anthropos 的词源是 arbor inversa[颠倒过来的树]，但它们是同一事物的名称。

阿拉伯语中的押韵是部分词量的相似。它出现在最后一两个字母里——现代人叫作“结果”。

语言中“复合词”的出现有四种情况。一是给出与某事物相像的另一事物的词，如“日月”“昼夜”；二是给出与某事物的用途相关的另一事物的词，如“弓箭”“马鞍”；第三种情况由类比而来，如“国王与上帝”——一个类比涉及四个事物。诗人阿尔－库迈(Al－Kumait)在这方面受到批评，因为他在赞美他的情人安详的脸庞和甜蜜的吻时写道：“Complete in her face is serenity(serenitas)；Her kiss salivates so sweatly suauitas[她的脸庞十分宁静/亲吻如此甜蜜].”在脸庞的宁静和唾液的甜蜜之间没有相似之处。

伊鲁－库斯写给他的批评者的几行诗也是如此：

仿佛一匹我从未跨上的马
为了追求快乐；
仿佛一个我从未注意的姑娘
戴着美丽的花边；
仿佛一只盛满烈酒的桶
我从未将它倒置
仿佛一匹马纵跃过许多的坎坷
回到我从未到过的赛场

这些诗句之间的关联看起来的确不伦不类。很显然，诗人应该按照相反的顺序来写。头两行诗应该是第二个四行诗的开头，而第二个四行诗开头的那两行应该排在最先。

阿尔－穆坦拉比一首赞美主人公自制力的诗也是如此：

> 你停留在那里，那么你一定会死亡
> 仿佛你已被沉睡的危险盯上
> 你的勇敢的战士经过你身旁，遍体鳞伤
> 因为你平静的表情，他们倍受鼓舞，斗志昂扬

像前面那首诗一样，我觉得如果将第一行换到第三行，把第三行换成第一行，诗的韵律会更和谐一些。奥米尔－凯西（Omir－'I－Kaisi）的诗中也有类似情况。

亚里士多德：如果名词在重音和量的方面具有相似性，或者是借来的，或者运用了其他各种技巧，那么此时的语言就会一改追求真实、规范的风格。诗的语言应该多姿多彩，一个明显的例证就是，当一篇讲究真实、规范的文章变得“多样化”以后，它就被称为诗或诗的语言，具有诗的效果。例如一个人可以说：“在我们完成了在那里该做的事情，检测员测量了角度之后，我们开始讨论最近发生在我们身上的事。骡子因艰难的跋涉而浑身冒汗。”这段话如果改动其中一些词，使之脱离规范语言的风格，就可以变成一首诗，比如：“我们谈着、走着/骡马都不堪重负，浑身淌汗。”

阿拉伯诗人有许多同样的语言。如果你仔细观察那些感人的诗，你会发现它们都有这种修饰因素——即词的押韵、意义的冲突和相辅相成，以及其他前文已提到的各种词的变形方式、隐喻和其他的比喻性表达法、谜语的模糊性等等。缺少这些的语言除了韵步之外就再没有一点诗的特性了。

正统的常规性语言要变得多姿多彩，需要通过重音、押韵、恰当

的隐喻、“相似”以及任何一种使语言脱离常规使用的手段——诸如增加或减少音节，倒装句法，改肯定为否定或反之而行，以及一般来说从一种形式变为它的反面的做法，总之，是要通过所有诗所特有的技巧来达到。

所有这些技巧的例证都非常明显，你不会忽视那更为普遍和明确的种类，包括简单的和合成的。要列举出所有的种类是极为困难的。所以亚里士多德认为有个一般性的总结就可以了。

最好的风格是那种最容易、最清楚、最令人信服的，这种风格只有在典雅而博学的诗人那里才能找到。事实上这些诗人的技巧的一个显明标志是他们能以一种令人信服的、清晰的方式运用这种风格的各种技巧。这样他们的诗就更容易被观众接受、诗的语言描写的对象也易于理解。它们能引导观众的心灵去任何想去的地方。

诗的多样化风格得到加强，就会造就出色的想象和对被描绘对象的更全面的理解。即使是懒惰愚钝的人也能从恰到好处的变化中获得中肯的理解。例如《可兰经》中有句话：“直到你能从白线中辨别出黑线。”有的读者认为这里指的真的是经线，直到它的含义进一步透露出来，原来应该被理解为将白昼与黑夜分开的黎明之线。

亚里士多德：复合名词用于赞美过去的好人的韵步中——当赞美直接针对具体个人时。阿拉伯语中很少有复合名词——就像 Abochemyn 是从 Abus + Chemzin 而来一样。

外来词或成语——即来自外语的词——适用于预言未来、描写好人的快乐或坏人的不幸的诗。

这是希腊人所熟悉的两种诗歌形式。

隐喻赋予词语以新的意义，适用于写格言警句或著名历史掌故的诗。

第二十三章

亚里士多德：现在，我们已经相当完备地讨论了赞美艺术、以“相似”为基础的诗的方法的共同特征以及其他有关问题。历史诗歌的创作过程或方法，即开头、中间和结尾，与部分赞美艺术的方法相同，除非这类诗歌描写的不是事件本身，而是事件所发生的历史时代。在这些历史诗歌中，诗人以历史的真确性描写历史人物的性格与所处环境、政权的更迭以及社会时代环境的变迁。

阿拉伯文学中很少见到这种描写，但在阿拉伯的法律文书中，这种记载比比皆是。亚里士多德提到了擅长这类诗歌的诗人，高度赞扬了荷马在把握风格上的技巧。本·亚夫（al - Aswad ben Ya'fur）关于过去时代以及感叹荣衰兴替的歌就属于这类值得称道的阿拉伯诗歌：

有谁希望毛塞里肯家族
离开他们的家园？
留下依纪登和阿尔卡沃里克的土地
留下塞底斯和巴拉基
还有塞恩德登的城堡。
他们来到恩克拉汀
在那里，源自依特汀的幼发拉底河
在他们身边奔流而去。
风在他们头上呼啸而过
像开闸的洪水席卷了他们的居所

我看到生命的甜美和欢乐
终有一天会如何凋零枯萎。①

第二十四章

亚里士多德:这类诗歌的某些方面就是温和的赞美艺术的一部分——"间接法"与直接法,以及二者的结合。有时它也像温和的赞美艺术那样描写激情。

他谈到了赞美艺术与其他的希腊诗歌的区别以及其他诗歌在重音、描定和长度方面的特殊做法,还提到了有的诗比别的诗歌音步更长,容量也更大。他指出哪些诗人是善于有效运用这些技巧的,哪些则不是。在所有的方面他都赞扬了荷马。这些内容都适用于希腊诗歌,但有一些却是阿拉伯诗歌中所没有的,这或者是因为这些技巧和规则不是所有民族所共有的,或者因为它们恰好是阿拉伯人天生不擅长的。事实很可能就是这样。亚里士多德在《诗学》中并没有着重于希腊人所特有的诗歌艺术,而是更重视那些所有民族天生所共有的内容。

亚里士多德:诗中为诗人说话的那部分内容应该是一篇短序,与描写部分相比,它应该很简洁,就像荷马所做的那样。荷马只花了很短时间写序言,随后用大量的篇幅描述诗歌的主题,尽管他没有去写任何不寻常的东西。非同一般的东西总是令人难以接受。

我认为他这样说是因为考虑到每个民族都有一些本民族人所共有但其他国家的人却不知道的,可以用作隐喻和主题。不同民族

---

① [译注]正确的阿拉伯地名,参见波杰斯,第664页。

有着不同的“比拟”习惯。比如沙漠中毒蛇和蜥蜴成群出没的地区叫作“热拉比”,从远处望去就像一个湖泊,那些蛇和蜥蜴就像湖中的鱼,因此阿拉伯人一般说某人被假象蒙蔽了就会说:“你看到了热拉比的鱼和水。”《可兰经》上的这句话也是基于此:“推卸责任的人就像望见热拉比的人。”

亚里士多德:当一篇文章没有繁复的语法变化或描写时,应该运用意义明确的词,也就是那些直接指向事物自身,而不是指向其反面或不同事物的词。文章的结构应该具有那种希腊人非常欣赏的无拘无束的性质,发音则应该很容易。

看来在阿拉伯诗歌中有许多我们称之为“正统风格”的诗。讲述普遍真理、意义清晰的文章也是这种风格的。那些真正应受到批评的文章很少使用修饰性文字和诗学的隐喻。

第二十五章

亚里士多德:诗人必须答辩的诗的失误有六个方面。一个是当他的诗描写不大可能——或者根本不可能——发生的事时。胡塔兹(Ibnu'I – Hutazz)描写半个月亮的句子就是这样的例子:“看啦,她就像一只银色的小船,满载着琥珀。”这实际上是不可能的。然而由于它十分逼真,也因为诗人并不想通过这句话推动或阻止读者做什么,这句话本身是令人愉悦的。应该描写存在或人们认为它存在的事物——如把一个坏人描写成魔鬼,或者描写可能存在的事物。贴切地说,表现存在的可能方式更应该是修辞学的内容,而不是诗学。

第二种诗的错误是歪曲的描写,就像一位画家为他的作品添上一个根本不适于它或放错了位置的肢体,例如将四脚兽的后腿画在前面,或者把前腿画到后面。应该仔细检查阿拉伯诗中的这类错误。据我看来,安达卢西亚当代诗人的措辞风格接近这种错误,当他们描写一匹受伤的马从战场上奔回时这样写道:"在它们的耳朵上方,闪光的刺刀成了第三只耳朵。"

第三种错误是用无理性事物描写理性存在物。这一点也可以辩解,但是事实上如果诗人不写出理性生物与无理性事物共有的特征,这样的描写就谬误百出,少有真实可言。有时由于传统习惯的影响,这样的描写也可以接受,例如阿拉伯人就有把女人比作山羊和野母牛,把青年比作小山羊的传统。

第四种错误是把一件事物比作它的反面或类似于其反面的事物。例如阿拉伯人习惯上说性情温和的女人"有着苍白的眼睑",他们想以此突出眼睛的美丽和温柔。与此相近的另一个例子是一句阿拉伯谚语:"他们在黑夜中伸出手来,像个慷慨得过分的人。"① 还有:"他穿着破旧不堪的紧身上衣,像一个极端羞窘的人一样走进屋来。"这些例子都使用了与该事物的性质相反的词,但是由于语言的习惯形式,它们仍然能获得人们的欢心。

第五种错误是使用有两个彼此不同但具有同等普及的意义的词——像 percussio 既指打人的动作,也指人被打击的感觉,在其他各种语言中这样的情况也很常见。

第六种错误是放弃诗学的描写而使用能够建立信仰的修辞学的劝说文体,特别是风格谦卑、温和的劝说性文字。伊鲁·奎斯为他的懦弱所做的辩解就是这样。他写道:"我的助手逃跑不是因为

---

① [译注]出自萨玛代尔·本·撒里克;参见波杰斯,第 664 页。

害怕,而是因为渴望回家。”有时候如果这种文章中有任何可能性或真实的东西,那它就不大合适,例如另一位诗人为他的临阵脱逃作了如下辩解:“天知道我并没有离开战斗,直到我的马被一支毒箭射成重伤。我知道留下来只会受伤甚至死去,并且一个敌人也不能杀伤,因此我撤退回来,希望在他们的末日到来之时去报仇。”这种表达是很正常的,尤其是它出于真心,尽管其中有少量隐喻带来的行文变化。正因为这样的文字,有人感叹道:

啊,阿拉伯社会和人民
你的智慧让任何事情都变得充满魅力
你甚至知道如何让阵前脱逃显得言之有理

亚里士多德:有六种错误和与之相对应的六种辩解,所以属于诗人的话题有十二种——六种错误和六种辩解。

阿拉伯诗中没有这些辩解的例子,因为我们的诗人不能区分——甚至都不知道——这些诗歌的种类。

这些就是我,阿威罗伊,所理解的亚里士多德在《诗学》中讨论的各种诗歌所共有的问题,尤其是关于赞美艺术,即悲剧的问题。《诗学》的其余部分讨论了其他希腊诗歌种类之间的区别以及它们与悲剧之间的区别。这些内容仅适用于希腊诗歌。还有,在他的这本书中我们没有看到他提及过的一些内容,这意味着这本书没有被完全翻译过来,并且缺少对许多希腊人创作的诗歌种类之不同的探讨。亚里士多德在《诗学》的前言中许诺会谈到所有这些内容。普通诗歌类型中被忽略的是对谴责艺术的探讨,然而从讨论赞美艺术的内容中可以足够清楚地看出有关谴责艺术的相应观点,因为我们可以从事物的反面来了解该事物本身。

当你思考我所写下的这篇文章时，你就会明白阿拉伯作家对诗歌规则的看法与亚里士多德《诗学》和《修辞学》中的观点比起来是多么琐碎单薄。正如阿尔·法拉比所说："你不应该忽视这些规则是如何适用于希腊人的诗歌；也不应该忽视希腊人在形成这些规则时哪些地方是对的，哪些地方是错的。"

现在我们的这项工作结束了。

感谢上帝，主历 1256 年 3 月 17 日，于宏伟的托莱多城(Toledo)。

新诗学

温索夫的杰弗里(Geffrey of Vinsauf)

[编译者按]十二世纪的欧洲出现了中世纪历史上第二次“文艺复兴”(第一次是在九世纪的加罗林王朝时期)。所谓“文艺复兴”的标志之一就是重新重视古典希腊罗马文化。就诗学而言,假道阿拉伯人的亚里士多德著作并非唯一获得“复兴”的古典著作,贺拉斯的《论诗艺》、西塞罗的《论虚构》等亦在其列。得益于古典主义晚期十分繁荣的修辞学语境,这些古罗马作品的一个共同特征在于其对诗的修辞学定位,即把诗用作修辞学范例,热衷于探讨诗的结构布局、诗的风格、诗人的修养、天才与经验学识的关系、诗的教育与娱乐功能等话题。而这些话题在中世纪中期重新引起了人们的兴趣,以至于出现了不少以“诗艺”为题的仿作。温索夫的杰弗里的《新诗学》也是这一时期的“诗艺”著作之一。然而它的独特价值在于:它不仅深受贺拉斯修辞学诗学的影响,同时也试图借助柏拉图—新柏拉图主义思想矫正该诗学路线的一些弊端。

关于本文作者我们所知甚少,只能大致推测他是英国人,生活于十二世纪后期至十三世纪初,因为他的这部《新诗学》是题献给罗马教宗英诺森三世(Innocent III, 1160/1161—1216 年在位)的。除了《新诗学》,此人还曾著有另两部与诗学有关的作品,其一名为《修辞色彩总论》,其二为《韵文艺术规则实录》。这两部作品表明作者精通修辞学，对贺拉斯十分熟悉。《新诗学》可能是他较晚期的作品，不同于《韵文》的散文体，它使用六音步长短格体写成，且文风十分华丽。在内容上，《新诗学》开篇即亮出柏拉图主义立场：要让“心灵之手”首先构思好作品，然后“肉体之手”再去建造它。后文也的确呈现出这一过程，比如说心灵可以组织材料，可以为素材塑形、控制自如等。但是很显然，《新诗学》的主体部分仍然是修辞学的，作者在其中详细讨论了不同修辞格的使用与效果、语言的意义与声音之间的关系、风格的特征、散文与韵文的区别、记忆与写作的关系以及不同的演讲方式等。

《新诗学》有众多抄本传世，说明它在当时颇为流行，很可能像贺拉斯的《诗艺》那样被用作学校语法课程的教科书。就此而言，它应该可以在一定程度上代表西欧中世纪晚期的诗学风尚与水准。

本文译自 Margaret F. Nims 的英译本 *The Poetria Nova of Geoffrey of Vinsauf*（Toronto：Pontifical Institute of Medieval Studies，1967）。

诗歌总论：作品的划分

假如一个人要建造一所房子，蠢蠢欲动的手不要贸然行动。他要以心灵度量的轨迹为作品铺平道路，在心中按一定的顺序规划出连续的步骤。心灵之手构思出整个房子之后，肉体之手①再去建造它。在变成确实存在前，它的存在模式具有原型的特征。通过这样的类比，诗艺可能窥见运用于诗人的律法：诗人的手不要匆忙动笔，

① ［译注］杰弗里常常使用肉体的比喻。

也不要因不耐烦而轻易开口；不要指望手和口能够给予幸运的指引。为了确保作品更加成功，要让有辨别力的心灵作为行动的序曲，不要急于动手和动口，要对主题良久沉思。心灵内在的指针首先要围绕全部素材旋转起来。笔将经过的地方，提前就有一个明确的顺序①引着，或者有它预设好的目的地（Cadiz②）。作为一个谨慎的作者，在写作时要心中有丘壑，"三思而后说"。

将素材安排到心中隐蔽的地方后，诗艺前来把这些素材用言辞装扮起来。然而，既然诗是来服务的，就让它为面见它的女主人作适当的准备。一定要让它留意，以防头发蓬乱，衣着不整，或者任何细枝末节③给人带来不悦的感觉；在修饰一个部分的时候避免给其他部分带来某些损害。假如其中任何一部分修饰不当，作为一个整体，作品就会因这部分而遭受责难。一点苦汁就会使得所有的蜜变苦，一点瑕疵就会损害整个面部。因此只要对素材慎重思考，就不可能留下被责备的理由。

让诗的开端像一个彬彬有礼的侍者，优雅地进入主题。让它的主体像一个勤快的主人，为一个重大的宴会提供食物。结论部分像赛跑结束时的传令官，应体面地收场。要让表现的整个方法在各个部分都为诗增辉，要防止它在任何一个部分有所错失，防止它的光彩遭到减损。

---

① ［译注］出于音韵方面的考虑，作者一直用 ordo 一词来代替更专业化的 dispositio。

② ［译注］极限。（对古希腊、罗马人来说，加的斯，也就是古老的 Gades，是已知世界的西方极限。）

③ ［译注］这里杰弗里再次用肉体的比喻（头部、身体和毫发细部）来指一部作品的三个部分：开头、中间和结尾。

为了让笔知道巧妙地组织材料需要些什么，接下来的文章开始讨论写作的顺序。首先要关注的就是组织材料所应遵循的途径[①]问题。其次关注的是：假如给予意义以适合的分量，[②]要建立微妙的平衡需要怎样的比例。第三个任务是要注意，言辞部分不应是乡间野语，而是妙语佳音。最后要关注的是要确保让抑扬顿挫的声音进入耳朵，饱人耳福，那是一种和面部表情和身体姿势两方面相匹配的声音。

组织材料

材料的安排有两种可能的顺序。一是沿着艺术手法的小径前进，另外就是走上自然的平坦大道。自然的平坦大道指的是："事物"和"言辞"遵循同样的顺序，话语的顺序和事件的发生顺序形影相随。在诗中，假如首先呈现出的是在时间上较晚发生的事情，而把实际上较早发生的事情放在了后面，便是一种更为有效的顺序，在这种情况下，诗走的就是艺术手法的小径。此刻，自然的顺序被颠倒了，较晚发生的事件不会因为它们出现较早而受到责难，较早发生的事件也不会因为它们较晚进入文章而受到贬斥。实际上如果不考虑论点，它们可以随便换位，彼此之间不分前后也是得体的，不会有什么异议。娴熟的艺术手法特征就是，可以按照不歪曲它们的方式使其顺序颠倒；在换位的同时，使材料在安排上形成更好的效果。艺术手法的顺序比自然的顺序更加雅致，进而也更为恰当，

---

① ［译注］即自然顺序或艺术的顺序。

② ［译注］也就是说，主题的尊严所要求的是详扩的叙述还是缩略的叙述。

即使它把最后发生的事情放在了最前面。

顺序上的第一条树干没有分枝;第二条树干则枝干庞杂:从它粗壮的树干和分枝上生长出许多分枝,从一到多。在这个阶段,艺术手法显得氛围幽暗,道路曲折,房门紧闭,理论本身盘根错节。仔细审视一下,你就会发现一束光亮驱散了黑暗,稳健的脚步走过曲折的道路,一把钥匙把门打开,手指解开了所有绳结。路被打开了;你可以按照行进的需要,牵引心灵的缰绳。

按自然顺序排在最前的那部分材料应该在作品的大门外等待。排在最后的部分应该作为好的先驱首先进来,提前坐在它的位置上,身居更为体面的客人之列,甚至作为主人。在顺序上,自然把最后发生的事放在了结尾,而艺术手法却恭敬地服从于它,把它从低下的位置上引出来,给它安排了一个体面的地方。

一篇文章开端的重要位置不仅仅是留给事件结尾部分从而增添其色彩的,而是两个部分共享:结尾和中间。艺术手法从这两个部分选出一个雅致的开头。可以说艺术手法起着魔术师的作用:使得最后的成为最前的,将来的变成现在的,间接的变成直接的,遥远的变成接近的,粗鄙的变成优雅的,陈旧的变成新颖的,公众的变成私人的,黑色的变成白色的,无价值的变成珍贵的。

假如还渴望得到更加精彩的开头(同时使材料的顺序不发生变化),那就要使用警句,①这样它也许就不会沉于一种纯粹的具体联系,而是昂首进入某种一般真理。这样,在赞美非常事物的魅力时,就不会集中在它特殊的主题上,而是拒绝停留在它的基本层面,好

---

① [译注]通过谚语(proverbium)一词,作者理解的是任何来自观察和经验的真理。

像带着鄙视的态度一样。我们要采取一种高于给定主题的视角,但却要正视它。我们对主题没有任何直接的陈述,但却要从它那里获得灵感。

这样的开头有三种,它从三个枝干生长出来,即主题的开头、中间和结尾部分。因此也可以说从它们的根部一个小枝喷涌而出。然而,它却隐藏着,当召唤它的时候,它也拒绝听到,当心灵吩咐它的时候,它也不会作为一条规则出现;它有点傲慢的性情,既不愿意自我显现,也不愿意出现于所有人面前。实际上,除非迫不得已它才肯出现。

在此意义上说,警句给诗增添了特别的东西。典故①占据作品的开头位置也再恰当不过了。的确,典故和警句能够产生相同的效果,它们所提供给诗的特别之处具有相同价值。就风格的优雅而言,只有警句可以和典故媲美。艺术理论也提供了一些其他的技巧(就诗的开头而言),但是这两个却独占鳌头,它们名声更好一些。其他则不值一提,新近出现的一些手法更是如此;这两项被提及全在于时间的惠顾。因此,正如我们从艺术法则和艺术实践中所看到的那样,常规的方法越受到限制,它的用法也越恰当,艺术手法上的效果也就越佳。

详述和省略

上面大致勾勒的艺术原则为诗的开头提供了各种各样的方法。

---

① [译注] Exemplaris imago[例证性的形象]一词更为精确地表明了杰弗里所理解的“范例”(exemplum)的含义。在这篇文章中他所提供的所有典范性的例子都是例证性形象,而不是故事。

现在诗的发展部分邀你前来。请跟随我们的想象,在写作的大道上继续前进。

我们沿着两个线路行进:或者是宽敞的大路,或者是一条小径;或者是一条大河,或者是一弯小溪。你既可以悠闲漫步,也可以跳跃前进。你可以粗略地报告事件,也可以用长篇大论对它精雕细刻。但是,无论走在哪条路上都需要努力;假如你希望得到智慧的引导,那就要确保你自己找到一个可靠的向导。想一想下面的规则;它们将把握好你的笔,教给你每条路的本质所在。就像塑造蜡雕一样,即将成型的材料在一开始是让人感到很难下手的。假如强烈的专注能够点燃天赋的能力,素材不久就会在心灵之火下变软,无论需要哪种方式它都会服从手的安排,顺从于任何形式。心灵之手会控制它,伸缩自如。

一　详述

重复(interpretatio, expolitio)。假如你选择了详述的形式,首先要迈出这样一步:意思尽管是一个,但是不要让它满足于一套修饰方式。它要不断变换自己的衣服,用不同的服饰来装扮自己。旧话重提的时候它要变换一下言辞;用不同的句式来重复一个单一的意思。使一个或者相同的事物隐藏在不同的形式底下——形式多样但是内容相同。

迂回陈述(circuitio, circulocutio)

从一个词或一个短促的声音在耳边迅速经过的时候起,一段长而从容的声音构成的句子就取代了词,这就迈出了第一步。为了使得诗丰满起来,就要避免用事物的名称称呼它们;要用别的指称方式。不要让事物毫无遮拦地出现在诗中,而要通过暗示的方式表达。不要让你的言辞直奔主题,而要迂回地在它周围打转,围绕你将要明确说出的东西,经过一条漫长而蜿蜒的道路。因此,通过增加言辞的数量来延缓文章的进度。简单的言辞必须让位,取而代之的是长句式,这种方式使表达上的简单形式得到了扩充。因为表达一个观念受到三个要素的制约——名词、动词或它们的联合——所以不是通过名词、动词或者两者的联合明确地给出这一观念,而是让丰满的形式取代它们。

比较(collatio)

第三步就是比较,它要遵从两项原则之一——含蓄的方式或者直露的方式。注意,有的事物可以巧妙地结合在一起,但是有的事物总会在某些地方留下结合的痕迹。直露的比较表现的是明确的相似性。这些标志有三种:用词上比先前更多、更少或者相等。用含蓄方式进行比较则不会看到这种相似性标志。它不通过自己的本来面目,而是以不见其面的方式呈现出来,好像压根就不是在比较,但是有人会说,所采用的这种新形式是天衣无缝地结合在一起的,新东西恰好和上下文匹配,好像原本就是主题应有之物。实际上,新事物来自其他地方,但是看起来好像来自这个地方;这个新的表达来自外部,但是并不从外部表现出来;它表现于内部,但是又不来自内部;因此,它跳动于内外之间、这儿和那儿、远处和近处;似乎距离很远,实际近在咫尺。它是一种植物,假如把它种植在材料的花园中,园丁将更愿意对它进行栽培。这是一股泉流,它会越流越纯;这是巧妙联系所遵循的方式,各个要素慢慢汇流在一起,彼此紧密联系,就好像它们不是相邻而是相连;(260)好像是自然之手,而不是艺术之手把它们结合在一起的。这种比较更具有艺术性,这样做别具匠心。

呼语法(apostrophatio, exclamatio)

为了保证你可能有更大的施展空间,让呼语法成为你第四种拖延的方法。通过这种方法你可以让主题在途中驻足停留,也可以闲逛片刻。使用呼语法是一件快事;假如没有它宴会可能也足够丰盛,但是有了它拿手的菜肴会成倍增加。菜肴色香味俱佳且很昂贵,这的确是耳朵的盛宴。我们的耳朵享用各种“菜肴”的时间越长,“宴会”也就越豪华。实例可能使得理论丰富起来:眼见为实,耳听为虚。一个实例是不够的,这儿将有许多例子可供参考,从这些丰富的实例中我们可以知道,什么时候适合使用呼语法,它用来讲述什么样的事情以及用哪种方式来讲述。

当人的心灵热情高涨、不可自已时,呼语法就会站出来谴责它:

为什么那么兴奋以致心醉神迷?要适当地节制这种兴奋,不要让它超过一定的界限。哦,灵魂,不要理会不幸的降临,去仿效詹纳斯(janus)之神吧:关注过去和未来。假如你的冒险已经成功,不要考虑开始,需要考虑的是结束。要在傍晚的时候赞美白昼,而不是清晨。要想彻底安全地生活,就需要忧患未来。当你以为你已经万事俱备,所作所为已足够的时候,草丛中却藏着蛇。要把警报之类的东西留在心里;快乐的时候,要当心不幸的降临,此时你就会从警报中获益。此世变幻无常:毒药紧随蜜糖;黑夜带走白昼;乌云密布取代风和日丽。尽管人们都愿意事情向好的方向变化,但是不幸却更乐意把事情搞糟……

插说(digression)

要使得文章更加充实和丰满,则可以越过主题的界限,暂时离开它一下;你的笔开开小差,但是不要走得太远,以防找不到归路。这种技巧需要一种节制的天赋,以防在小路上走得太长超过了仪规允许的范围。一种插说是这样的:我把手边的材料搁置一边,首先引进遥远的东西,从而改变了自然的顺序。有时可以说,我提前走过了一段路,然后离开了大路中央,跳跃到边上;随后,我又返回我曾经离开的地方。为了说清到底什么是插说,我在此提供了以下例子:

共同的爱把两颗心联系在一起;出于意外的原因他们却要分离。但是在分别前,他们相互亲吻着,紧紧地拥抱在一起。从他们眼中涌出的泪水淌过了面颊,啜泣中相互道别。爱激发了忧伤,忧伤又是爱之加深的见证。冬去春来,空气脱下了它的云袍,天空抚慰着大地。潮湿和温暖的空气在大地上运行,大地如同女性一样感觉到空气的男性力量。① 一朵花如同大地的孩子,绽放于微风之中,冲着它的妈妈微笑。新叶妆点着树梢;沉睡的种子焕发出新的生机;丰收的允诺最先在纤弱的叶片上显现。现在正是鸟语花香的季节,却有一对恋人要离别,他们之间的爱却永不分离。

描写(discription)

描写和言辞一道孕育而生,是充实作品的第七种方法。虽然描

---

① [译注]“泥土母亲”(Mater Earth)与“空气父亲”(Pater Aether)的传统主题在古典时期和中世纪都是经常出现的。

写的途径很多,但是也要让它显得充满智慧,既要够长又要精彩,这样言辞才和主题相契合。为了使描写成为心灵的美味佳肴,要避免仓促而为的简单和陈腐的俗套。伴随着各种新颖修辞的描写是多姿多彩的,我们的眼睛和耳朵徜徉在各种主题之间。

假如你希望用详述的形式描写女人的美丽,就要这样来写:

让自然的指针首先为她的头部营造一种氛围;要给头发以黄金般的光泽,前额如盛开的百合。让她的眉毛像黑莓一样美丽,两条弧线之间是一条可爱的乳白色小径。让她的鼻梁笔直,但长度要适中,增一分或减一分都显得不完美。让她的眼睛,那睫毛丛中的萤火,明如宝石,灿若群星。让她的肤色如同黎明:不是红也不是白——而是白里透红。让她的嘴巴亮丽而娇小——可以说是半圆形。使她两片嘴唇圆润而饱满,但要适度;它们熠熠生辉,但是光泽柔和。要让她贝齿如雪,整齐有序,吹气如兰。让自然把她的下巴塑造得比打磨过的大理石更光滑——自然是一位具有无限潜能的雕塑家。使她的颈部美丽如乳白色的圆柱,高居其上的是完美无瑕的面庞。让她水晶一样的嗓音光芒闪烁,迷住旁观者的眼睛,俘获他的心灵。让她的肩膀遵从美的律法,既不丑陋地倾斜,也不尴尬地突出,而是使它们呈优美的直线。让她的手臂,无论从美丽还是长度上来说都优雅迷人。让柔软纤秀和洁白修长一直流向她的手指。她美丽的手掌因这些手指而自豪。让她的酥胸若雪,一对处子的宝石并列其上。让她的腰肢浑圆,盈盈一握。对于其他部分我表示沉默——因为在这儿嘴上的言辞已经不足以恰当地表达心中的想法。让她的双腿美丽而修长,纤纤秀脚赏心悦目,翩翩起舞。

这样,流光溢彩的描述已经是从头到脚了,整个人被修饰得完

美无缺。假如你希望再增添一点美丽,那么可以对她的服饰进行一番描绘:

让她的头发编成辫子垂在背上,它的金色汇聚在一起;让那一圈金色的光芒闪烁在她那象牙一样的前额上。让她的脸儿不要修饰,保持着可爱的自然光泽。一条星光闪闪的项链绕在她乳白色的脖颈上。她的长袍用上等的亚麻布镶边。让镶满闪亮宝石的腰带系在她的腰间,镯子让她的臂膀丰腴柔美。让她那纤长的手指戴上黄金戒指,上面的宝石闪耀着比金子还要夺目的光辉。用精细的剪裁和优良的质料为她做成美丽的衣裳,笨拙的手和没有创造力的心灵绝不会给服饰带来任何光彩。但是她的美丽比任何华丽的服饰都更有价值。有谁在这样的光线中会意识不到烈火呢?有谁不能发现它的火焰呢?

假如古代的朱庇特看见过她,他是不会变成安菲特律翁(Amphitryon)的样子去欺骗阿尔克墨涅(Alcmena)的,他也不会借用戴安娜的脸去骗取你,卡利斯托(Callisto),他也不会化作云彩诱骗伊俄(Io),也不会变成森林之神的样子诱骗安提俄珀(Antiope),也不会变成一头牛诱骗阿革诺耳(Agenor)的女儿,也不会成为一个牧羊人诱骗你,摩涅莫辛涅(Mnemosyne),也不会成为火焰诱骗阿索波斯(Asopo)的女儿,也不会变成蛇形诱骗你,底伊俄(Deo)的女儿,也不会变成一只天鹅诱骗勒达(Leda),也不会化作金水诱骗达那俄(Danae)在其中沐浴。这个女子将成为他珍爱的对象,他能够在她的身上看到所有的美丽……

对立(opposition,oppositum)

还有另外一种形成详述文风的方式:任何陈述不外这两种方

式，一种是做正面的肯定，另外一种是否定它的反面。两种模式在一个意义下和谐共存；因此声音的两条河流奔涌向前，彼此相随。大量丰富的言辞就在这两条河流中流动。我们看一下这样一个例子："那个年轻人是有智慧的。"肯定他外表的年轻和否定外表的年龄："他的外表是年轻的，而不是苍老的。"肯定他心灵的成熟而否定心灵的稚嫩："他的心灵是成年人的心灵，而不是青年人的。"陈述也可能会按照同样的思路进行："他的面颊并不苍老，而是年轻的；但是他的心灵可并不稚嫩，而是成熟的。"或者也可以选择和主题相关的细节进行详细的描述，你的写作可能会经历一段很长的路程，因此：

他的面容没有皱纹，他的皮肤也不干燥。他的心灵和他的年龄并不相配。他呼吸起来也不困难，他腰不僵，背不驼；生理上他是一个年轻人，但是心理上却非常成熟。

所以，小小种子带来丰收；涓涓溪流汇成大河；枝繁叶茂的大树要从一条嫩枝长成。

二　省略(abbreviation)

假如你希望简洁，首先就要删除上面提到的那些能够促成繁复文风的方法；将全部主题限定在狭小的界限之内。根据以下原则来压缩主题。让"强调"(emphasis)成为发言人，寥寥数语表达许多内容。让"发音"(articulus)用短促的言语缩短冗长的陈述。当单独使用"绝对离格"(ablative)而没有辅助用法的时候，它能够形成特殊的压缩效果。千万不要重复。在陈述的时候用巧妙的暗示传达出没有说出的东西。不要用"连接词"(conjunction)把句子连接起来——不要让它们"成对出现"(asyndeton)。让巧匠般的技艺把众多的观念合而为一。这样只要心灵对它瞥上一眼就会看清许多东西。用这种简洁的处理方式,你能够包揽复杂的主题;在这个小船里你就可以漂洋过海。为了拨云见日,把事实真相清楚地表达出来,这是最好的表达方式。因此,当情势所需的时候,要把这些方式结合起来使用:强调、发音、绝对离格,还要在不重要的地方巧妙地暗示一件事情,不用连接词连接句子,把众多的观念结合在一起,还有避免用重复的方式。采用所有这些方式,或者依据主题的要求采取相应的方式。这里有一个省略的范例,上述全部的技巧都反映在这里:

丈夫在国外谋求发财的时候,妻子却与人通奸怀孕了。他经历了一番长途跋涉后终于返回了家乡,她把孩子装扮成一个雪人。① 欺骗是在相互之间展开的。他在狡猾地等待着。最后他揭穿了骗局,并且假装孩子在太阳下融化了——并把这个荒谬的故事告诉那位母亲。

风格的修饰

一段文章无论是简洁还是冗长,它总应当包含内部和外部的修饰,但是修饰也是有区别的,反映在两种顺序之间的差别中。首先是要审视言辞的精神,然后紧接着是它的外表;不要仅仅相信它的表象。假如内部的修饰和外部的修饰并不和谐,那就会缺乏一种适宜的感觉。修饰言辞的外表就像给一幅没有价值的画上色:这是错误的,它的美丽也不真实;言辞好像粉饰的墙壁,是一个伪君子,装

① [译注]雪孩子的故事在中世纪是一个颇为流行的主题。

模作样地好像是一件东西,其实什么都不是。美丽的形式掩盖了它形式的缺陷;它外表气势汹汹,其实外强中干。它是一幅只能吸引远观者的画,①对于近距离的人来说它是倒胃口的。那么千万注意不要急躁,一定要联系你曾经说过的东西,保持清醒,并且要用阿里基斯的眼睛审视言辞和所传达出的意义的关系。假如意义具有尊贵的内涵,那么就要保持;不要让粗俗的词汇贬损了它,所有这些应当受此原则的指导:让华美的措辞为丰赡的意思增添荣耀,以避免出现贵夫人衣衫褴褛的现象。

为了让意义穿上一件昂贵的礼服,如果言辞陈旧,就要做它的医生,让它焕发出新的生机,而不要让它一成不变地待在它土生土长的地方。② 要让他远走他乡,四处游逛。那样它就像一个新客人,它十足的新奇感会令人愉悦。如果你采取了这种补救措施,你的言辞的外表就会重新焕发青春。

比喻(translatio)

以上所推荐的是艺术地使言辞改头换面的方法。假如是来描绘一个人,那么我就会把目光转移到和这个人酷似的事物上面(我希望在性质和存在状态上和他一样)。当我看到物体原本的衣服酷似此人的衣服时,我就会借用它,把它裁剪成新的样式,从而取代旧的样式。例如借用言辞的字面意思,金子是黄色的,牛奶是白色的,玫瑰是鲜红色的,蜜是甜蜜的流体,火焰是发光的,而雪是白色的。那么我们就会说:雪白的牙齿、火焰般的嘴唇、甜蜜的味道、玫瑰色

---

① [译注]贺拉斯,《诗艺》,页360。

② [译注]词的"本土"(proprium locum)指的是它的字面意义而不是它在句子中的位置。而所谓"在他人的地产上占据住所"就是要运用比喻意义。

的面容、乳白色的前额、金黄的头发。这些词的搭配彼此非常恰当：牙齿对白雪，嘴唇对火焰，味道对蜂蜜，面容对玫瑰，前额对牛奶，头发对金子。因为在这里相似方面的联系会投射出愉悦的光辉，假如你要描述的主题不是人，那么就把你心灵的缰绳转向人的世界。用艺术的策略能够改变一个词语，这就是通过类比把它的字面意思运用于人的身上。

例如，假如你想说："春天使大地变得美丽；早春的花儿盛开；天气变暖；暴风雨停息了；大海平静下来，不再波涛汹涌；山谷幽深，山峦高耸"；想一想在我们人类的生活中什么样的词在字面意思上可以表达类似的情形。当你修饰一些东西的时候，你在给它"着色"；当你开始存在的时候，你就是"出生"了；用和蔼的言辞说话，你是在"抚慰"；停止所有的活动，你是在"睡觉"；不动，你是"站"在固定的位置上；倒下，你是"躺着"；被抬在空中，你是" 起来"。这些表达都是能够给人愉悦的方式，如果你这样说：

春天用花儿为大地着色，最早的花儿呱呱坠地，柔和的风轻轻抚慰着，暴风雨垂死挣扎，最后荡然无存；大海静谧，仿佛一动不动，山谷深深地躺着，山峰巍然耸起。

艺术已经编织了一些没有价值的服饰，然而它们也能够有体面和恰当的用法。所有十种比喻中，有六种属于此类，只有四种（隐喻、拟声法、借代和讽喻）是上面提及的。这十种修辞格对表达话语的修饰是用我们称之为"复杂的"（difficult）方式进行的，因为我们使用的仅仅是词汇的比喻义而不是字面的意思。所有的比喻都属于同样的级别，它们的区别之处在于言辞的修辞地位和指称它们的特定的意思。为了防止理解的不确定和不彻底，接下来的例子将为正确的理解提供保证。

转喻(denominatio)

我们看一下这种陈述:生病的人寻求大夫;忧伤的人寻求抚慰;贫穷的人寻求帮助。借用比喻,表述会显得更加丰满:生病需要大夫;忧伤需要抚慰;贫穷需要帮助。以抽象方法表述具体事物会产生一种自然的魅力,这里把"生病的人"转换成"疾病""忧伤的人"转换成"忧伤""贫穷的人"转换成"贫穷"就会产生这样的效果。

恐惧会产生什么? 面色苍白。愤怒会导致什么? 满脸通红。骄傲的结果是什么? 目空一切。因此,我们要这样重新表述:恐惧导致面色苍白,愤怒导致满脸通红,骄傲导致目空一切。当我为事物本身结果找到原因的时候 ,对于听觉来说就会产生更大的愉悦和满足。

洗过头之后再去梳理头发。用剪刀把多余的头发剪去,然后用剃须刀将面部整洁清新。这样,艺术以一种令人愉悦的转化表达法,告诉我们使用工具能够促成正确的表达。因此从艺术的资源中就会涌出一种避免道路凹凸不平的方式,并且这种方式能够在行文中打开更为精彩的道路。

再者,用以下方法进行的陈述能够为文风增辉:我们盗走了它们身体上的钢铁、保险箱上的银子、手指上的金戒指(We have robbed their bodies of steel, their coffers of silvers, their fingers of gold)。这里不是用本身讲述的修辞格修饰言辞,而是当我们提及事物的时候,我对它的形式置之不理,仅仅提及它的材料。不雅的文风两者都要提及,艺术的方式则对其中之一表示沉默,仅仅通过一个就能够把两者都传达出来。这种方式有三种好处:它减少了所需要的词汇的数量,构成了诗学的修辞,并且有助于韵律的整齐。

限制词汇的数量是因为一个术语比一串词汇更为简洁,因为这种表达在艺术技巧上更巧妙,所以形成了一种诗学的修饰法;假如在间接辞格的例子中音步置形式于不顾,在这种情形下它对于音步是有帮助的,并且形式也需要这种帮助。在以下的例子中可以清楚地看到:手指在金戒指中光彩夺目(finger rejoices in gold)。其中"金子"(gold)的发音比较短促,而"一枚金戒指"(a ring of gold)的发音相对来说要长一些;后者形式上指称的是事物本身,前者则是更艺术地把它传达出来;前者(化金法 aurum)音步采纳了间接辞格,后者则没有。

无论是名词还是形容词,要机智地选择词汇,用包含事物的名称,而不要用被包含的事物本身。我们以这种方式引导出一个名词:烈酒一样的英格兰、迂回曲折的佛兰德、趾高气扬的诺曼底。再看一下形容词方式:喧闹的商场、寂静的修道院、忧伤的监狱、欢快的寓所、安静的夜晚、繁忙的白天。再看一看表达的转换方式:疾病流行的时候,*萨拉诺*(Salerno)用它高超的医术治好了那些生病的人们。在市民社会里,*波罗基纳*(Bologna)用法律拥抱着那些没有反击能力的人们。在艺术氛围中,巴黎带给人们面包使得他们强壮。奥尔良在它的摇篮中用作家们的乳汁哺育着稚嫩的年轻人。

夸张(superlatio)

给你夸张的缰绳,但是要保证,不要拙劣地到处使用这种表达法。让它处于理性的监督之下,恰当地使用它是一种愉悦的源泉,心灵和听觉不会在这种夸饰中衰退。例如,在此使用了这种比喻:一阵阵飞镖像冰雹一样投向敌人;一排排矛枪像森林一般密布;血潮像大海中的波涛一样涌动,尸体阻塞了山谷。这种表达方法把赞词要么增强要么减少到相当的程度;当它得到听觉和完善的使用的认可时,夸张就成了产生愉悦的一种资源。

提喻(intellectio)

假如你想说:我学习了三年。你可以对这个陈述进行修饰,从而取得更好的效果。上面这种说法既不雅又俗套;你可以重新对这种不雅进行加工,你的锉刀可以用这种方法改变它:在学习中我度过了第三个夏天,第三个秋天发现我仍然执着如故,第三个冬天又把我抱在怀里,然后我又经历了第三个春天。正如上面所显示的,我通过压缩整体,暗示整体来自部分,巧妙地完成了陈述。一年的某个时段可能是潮湿的,我就说"那年天气潮湿"。部分时候是干燥的,我就说"那年天气干燥"。有时候可能很热,我就说"那年很热"。有些时候天气可能是温和的,我又说"那年天气温和"。通过这种方式,我把部分的特征归于整体。以相同模式推测,你,吉恩将可能既浑浊又清晰,既狭隘又广博,既讨厌又可爱,因为你的行文中有各种各样的陈述。再者,用同样修辞格,因为其中的一点,同一天既可以被认为是干燥的,也可能是阴雨天。因为这两种辞格的形式都会给人带来愉悦,所以你可以根据任何一种方式给读者愉悦的感受。

夸张引申(abusio)

当一个被选用的词在上下文中既不是字面意思,也不是精确意思,但是和词的字面意思还有某种程度的关联的时候,同样也会产生一种尽管表达不精确却很雅致的效果。例如,假如一个人提议说:那个伊塔卡人的力量虽然小一点,但是却有着一颗富有智慧的心灵。使用引申夸张后,表达就变成了这个样子:奥德修斯力量虽短,但是心中的智慧却很长,因为在“长”和“丰富”、“短”和“小”之间有着特定的联系。

以上所提及的复杂修辞格中,在修饰和效果上有一个共同点,其根源在于如下事实:假如事物以其本来面目并伴随着本来的声音表述出来,那么它就不会清晰地出现在我们的面前。相反,我们要用陌生的声音去表述它,这样它就会把自己隐藏在迷雾中,当然是那种能够使它光彩地显现的迷雾。

倒装法(transgessio)

语法上有联系的句子单位因其所处位置而分开时,仅仅变化词语的顺序也会使文风凝重,这样就会产生顺序颠倒(倒装):在国王的亲自领导下;截至那个时候;因为这个原因;在这些情况下。或者调换这种顺序(换位):严重的贫困导致了致命的饥荒;致命的饥荒夺去了贫瘠的土壤的收成。这些在语法上相互联系的词在句子中彼此分隔。把相关的词并列能够更恰当地传达出意义,但是它们适当的分离会更加悦耳动听,更加优雅……

简单修饰

假如需要一种既轻松又具有修饰作用的表达模式,那么就对所有高贵风格的技巧置之不理,寻求一种简单的方式,但是这种简单却又不会因为它的粗俗使得耳朵难受……

思想的修辞

除了那些表达上的修饰之外,还有其他一些修辞方法。所有这些方法简单来说就是修饰意义的标准程序。分述(Distributio)把特定的作用给予不同的事物和不同的人们。在有的时候,合法化(licentio)会公平合法地去斥责大师或者朋友,但不是用言辞来冒犯他们。有时,弱化(diminutio)通过主题暗示要胜过通过言辞的表达,用潜在的陈述把其中的意义表达出来。所以,描写(description)也能够用来进行推理和推断特定情况下发生的意料之外的事情。或者还有,区分(disjunction)可以把同一种原因的两种情况区别开来,最后得出一个结论。或者把简单的细节集中起来,集中(frequentatio)可以把散布在文章各个地方的观点集中。"打磨"(expolitio)。

为了更好地修饰一件事,不断地运用锉刀把它打磨得更为平滑,我要采取不断地变换主题、改变修辞格这些方式。有的人或许会说,我好像提到了许多东西而实际上只不过处理了一件事情。我是从这两个方面来做的:通过多种角度来说同样的一件事情,或者详细地表述一件事情。我们通过多种角度说同一事情的方式有三种;通过多种角度详细地表述一件事情的方式有七种。在西塞罗那里能更为详细地读到这些东西。我将在原地深入下去,或者进行一种比较,在此双方的位置相互对立。相似化(similitudo)。我经常从本质上截然不同的事物中挖掘一个相似点。要么就是以绝对权威的名义把一个人的言行立为典范。"意象化"(imago)。要么我完全不用上面提及的修辞方式,而采取别的修辞方式,通过一个适当的意象对一个事物和与它相同的事物做一个比较。铸型(effictio)通过描述和呈现物质的表象在允许的范围之内让辞格和意象相结合。标记(notatio)。我确立了特定的区别标志——其实是一种明确的符号——通过它我能够清楚地描绘一个人的特征;这是一种更好、更有效的辞格。

言谈化(sermocinatio)

还有另外一种修辞方式:描述和人物的言辞相契合,言辞传达出人物的音容笑貌。构形(conformatio)。当我用自然所没有的言辞力量塑造一个新形象的时候,就会用一种别样的新鲜感来修饰主题。简化(brevitas)。我会把整个主题压缩成几句话——那些话对于主题来说是最为基本的,与别的无关。展现(demonstratio)。有的时候,主题那么呼之欲出以至于它好像就在眼前一样;这样的效果通过五种方法可以完美地实现,假如我可以表现出什么先于事件,什么组成事件,什么承接事件,什么与它形影相随,最后会产生什么样的结论……

掩饰(understatement)。看看这样一种表达法:我的力量并不微弱,我的尊严也并非微不足道。我暗示的要比直接说出的更多,这样实际造成的效果要比言辞的直呈更加具有说服力。假如我碰巧是代我的朋友或我自己说的,这种陈述方式就显示出良好的修养,在使用这种表达法时,我所表现出的是谦逊。这样,意义就把它的表象遮掩起来了,实际情况并不清楚地显示出来,这样比直接陈述更加能够使人们相信。

夸张(hyperbole)。他继承了父亲留下来的无以计数的财富,但是这个挥金如土的人并不能用一个盖子掩饰他的贫穷,甚至不能用一个可以点燃火把的陶罐来掩饰。在这里我是用夸张的语言来陈述一件本来就很过度的事情。我极力斥责的是一种不加节制的东西;无论实际情况还是我对它的陈述都不适度。假如情况要比我的言辞更为温和,这种过分的语言仍旧能够表达出情况本身并不这样过分。

含混(ambiguity)。“出类拔萃的人”(that peerless man):这个词意为“最优秀的”;但是它暗中向我们传达的却是“最恶毒的”,这才是它的真正含义。这个词掩饰了它的表象,或者也掩饰了我们感觉的错误。在这种含混中,真正的事实被掩盖了,嘲弄却显而易见。

推理(consequence)。男孩看到棒子的时候,脸上的红晕消失了,随之面无血色。面色苍白表明他恐惧。一朵红晕在那个女子的脸上弥散开来,她的表情表明她害羞。流浪汉顶着一头花里胡哨的头发漫步走过;这种表达方式暗示他行为放荡。注意伴随着特定场景的符号。这也是陈述事实,但是在表达方式上却和上面有所不同;它仅仅呈现出事实的符号:通过面色苍白表现恐惧,通过花里胡哨表现放荡,通过突然脸红表现羞涩;通过确定的符号表现事物本身,通过对它推断,能够更好地表现主题,诸如:脸色、性别、年龄等形式。

话语中断法(aposiopesis)。近来在另一个房间里……但是我不会把它说出来。用这种方式我没有把话说完,我没有说“那个人”,而说“那样一个年龄的人”,或者“那种特定外表的人”。

类比(analogy)。你是伟大的,整个世界都拜倒在你的脚下。尽管你有发泄自己愤怒的力量,但是却不那样做,切记尼禄。这样运用了这个类比后,我就不必要再多说什么了……

各种各样的限定

假如你仔细留意这些指导原则,以辞达义,你就可以准确而恰当地表达。假如论述中涉及目的、性别、年龄、状态、事件、地点和时间的话,要考虑到它们特有的性质,这是它们所应当要求的。在这些事物上,措辞恰当是一件令人羡慕的事情,因为当我巧妙地使用适当的词汇去描述它们的特质时,整个主题就获得了完整性。从整体上描述一种东西就好比一道菜肴配料适当。注意这种规定及其要领;无论散文还是韵文,这种规定均有效。尽管方式不同,但是同样的艺术规则对于两者都有好处。

韵律受到规则的限制,但散文却是一条更为自由的道路,因为散文的大道能容纳各式车辆,而一行韵文的狭窄小路不允许出现不那么雅致的东西。韵文希望它的词汇外表优雅,以免粗俗的形式因其丑陋而显得尴尬,使它蒙羞。韵律渴望像一个女侍者一样出现,容光焕发,体态苗条,无出其右。韵文迷人的魅力不在于一大堆同样悦耳的词汇。散文却更为粗糙一些;除了考虑段落结尾这样特殊的情况,它对所有词汇都同等关涉,从不区别对待,这是因为结尾处的词汇其倒数第二个音节应当是重音。其他结尾处的词没有必要一定要这样。奥鲁斯·杰利乌斯(Aulus Gellius)也得到了同样的结论,并且还对它进行了解释:要避免音节太少以至于不足以结束这行文字。正如经常发生的那样,如果一个段落结尾的词不遵循这一原则,上面所提出的建议仍是可取的,正如支持它的观点那样——在这里支持我的权威就是奥鲁斯·杰利乌斯。

至于其他方面,处理散文和韵文则相同;而且无论在受韵律法则完全支配还是不完全支配的文章中,艺术的原则均相同,尽管凭借艺术原则的东西不总是相同。在散文和韵文中都可以看到措辞是受这样一个原则支配的,那就是不要使得它们成为干巴巴的东西,而要让意思给予它们汁水,从而使得它们达到甜美绝伦的地步。不要幼稚地讲任何事情,让它们保持尊严的同时又不显得骄纵,以防本应该现出尊严的地方却让人感到多余。在行文中应当使得它们保持风度;而且要保证内部和外表都得到修饰。让艺术的巧手给二者增添光彩……

记　忆

假如你希望记住所有理性的创新、顺序的安排，或者修辞的提炼，那么就请牢记以下建议和有价值的思想：记忆的细胞就是令人愉悦的细胞，它所要求的就是愉悦状态，而不是使人感到沉闷。你希望对它满意吗？那就不要给它加什么东西。要温和地对待它，不要强制。因为记忆是稍纵即逝的东西，不应当一下记住许多，而要循序渐进。

在饥饿慢慢消失的时候，就不要对食物那么贪婪了，如果那样你将会一无所有。满足的感觉要超过一半，但不是完全满足。不要让你的胃尽可能涨满，只要让它达到对人体有益的状态就可以了。本性要去慢慢滋养，而不要过分填充。留在饥和饱之间是更为明智的做法。所以，在饮酒的时候也要这样，凭借理智的力量进行克制，不要过度。小啜，而不豪饮；要优雅地小啜，而不过量暴饮。要像正常人那样饮酒，而不是像个酒鬼。有节制的人对酒的责怪要比对酒鬼的反驳更为温和。

知识，那是心灵的食物和酒，应当遵循同样的原则来品尝。要让它以这样的方式喂养心灵：使它舒服，而不过分地增加负担。假如你要掌握整个文章，那么就要把它分成几个小块。不要一次完成几块。每次掌握一块，很短的一个部分，比你能够承受和愿意承受的长度还要短。要让练习与之相伴；在所记的东西还很新鲜时，就要不断温习、重复；然后停下来休息片刻，舒一口气。之后，把另外一段拿出来，以同样的方式记住它，然后再进行练习，把这两个部分加在一起作为上面曾经提及的细胞单元加以巩固。把第三部分和这两部分结合成一小捆,第四部分和这三部分再结合在一起。但是,在这样一步步走下去的时候,假如你不能克服枯燥感,始终如一地进行下去,那你就犯下了一个错误。这个建议对所有的感觉能力都有用;它可以把迟钝的变锋利,把僵直的变柔软,把敏锐灵活的变得更出色。无论什么更多的尝试也不会比这些规则更加有效。因此,要让这些好规则尽可能地适合每个人,使之成为一个对所有人都适合的模式。

再在这些模式上加上我使用的一些其他方法——这只是权宜之计。当我希望想起曾经所见所闻的,或者先前曾经记得的,或者曾经执着于其中的东西时,我就会陷入沉思:以这样、那样的方式,在某个时间或者地点,我看着,听着,思考着和行动着——地点、时间、形象或者其他同样的路标对于我来说都是值得信赖的通路,它们能够把我引向事情本身。通过这些标记,我能够获得生动的知识:某某事情是这样的。然后就可以亲自把它描绘出来。

西塞罗用不寻常的形象作为训练记忆的技巧,但是他也自学,让敏锐而孤独的老师把他的敏感讲给他自己。但是我的疑惑对我自己来说可能是愉悦的,但是对于他却并非如此。愉悦本身就可以增强记忆力,所以对于适宜的对象它是有益的。因此,假如对你来说这些路标难以掌握,或者说难以接受,就不要相信它们。但是假如你希望你的记忆更加牢固,那就依照你自己的喜好,自己设置路标。只要它们能够给你带来愉悦,你就可以以此作为记忆的手段。有一些人希望求知,但是却并不愿意努力,也不愿意承受学习中的专注和痛苦。这就是小猫做事的方式,想吃鱼却不想钓鱼。我不是对这样的人,而是对那些既乐意求知又努力求知的人讲授我的方法。

演讲方式

在大声背诵的时候，要让三条舌头同时说话：首先是嘴巴，其次是说话者的表情，第三就是说话者的姿势。声音有它自己的法则，你应该以这样的方式观察它们：碰到句号时应该注意它自然的停顿，词语要注意它的重音。把感觉认为要分开的词语分开，感觉认为应该结合在一起的词语结合起来。调节你的声音，使之和主题和谐一致；不要让声音沿着和主题不一致的道路前进。把它们结合在一起，实际上就是要让声音反应主题。当你排练的时候，你主题的本质怎样，就要让你的声音也怎样：让我们把它们看成一回事。

愤怒是发火的孩子，生气的母亲，它从吼叫中产生出来，毒害心灵。它因吼叫而兴奋，因火焰而灼烧，因狂暴而身体抽搐。在这样的情感下就会说出刻薄的话；就会面红耳赤，举止粗野。外部表现和内部的情感是一致的；外向的人和内向的人受到的影响也一样。假如你是一个诵诗人，你要怎样来扮演这个角色？要装得看起来像真的发怒，但实际上并不发怒。要让你在角色中像他一样富于激情，但是又不深陷其中。让你的举止在各个方面协谐调一致，但又不是那么极端，要恰如其分地让感情流露出来。你可以表现出粗俗但又不失优雅的行为：让你的声音表现他的声音，你的表情表现他的表情，你的姿势表现他的姿势——通过可以辨认的标记。这就是一种精心锤炼的技巧；用这种方法诵读会引人入胜，并且这种“食物”可以悦耳。

因此，声音要受到良好修养的控制，同时要与面部表情和姿势相协调,这样才能悦耳动听。要从语言上强化主题,因为诵读成败终究要取决于语言的力量。要让所有的一切都和谐共存:适当的创新、流畅的表达、合理的发展、牢固的记忆力。假如不能流利圆满地讲述出许多段落,那就不如只精彩地背诵出一段,而不必顾及上述的其他要求。

异教神谱

薄伽丘(Giovanni Boccaccio)

[**编译者按**]《异教神谱》(*Genealogia Deorum Gentilium*)是十四世纪意大利诗人、人文主义者薄伽丘(1313—1375)所著的一部百科全书式的神话学巨著,据说是薄伽丘受当时塞浦路斯国王休格四世(Hugh IV, 1324—1359)之命所作。该书初稿完成于1360年,但其后作者一直在修改完善,直至他与世长辞。该书在作者在世时已经有了不少抄本,可见其影响力。在此后两个多世纪里,它也一直被认为是薄伽丘最重要的代表作。

全书共分十五卷,主要内容是对古希腊罗马神话中众多神祇(从基督教视角看是异教)间的关系进行梳理与界定。这一主题显然非常契合薄伽丘作为意大利文艺复兴代表人物的身份。事实上在十三、十四世纪的西欧,伴随着文艺复兴氛围的形成,人们对古典神话的兴趣愈来愈浓。神话的瑰丽世界和丰富寓意吸引着世俗作家们的目光,然而当时可资利用的神话学资源非常有限,仅有十二世纪流行的《梵蒂冈神话》以及更早时期的《诸神魔法书》等,除此之外就是古典主义晚期流传下来的基督徒学者富尔根蒂尤的《神话》以及异教诗人奥维德、斯塔提乌斯等人的作品。因此,薄伽丘受命撰写的这部作品可谓正当其时。除了建立诸神谱系,薄伽丘此著还试图为异教神话在基督教文化语境中的合法性与独特价值作辩护,这就是本文所节选的第十四、十五卷的主要内容。

欧洲诗学为诗辩护的传统可以追溯至亚里士多德,据信后者所著《诗学》的目的之一就是回应其老师柏拉图在《理想国》末尾发出的为诗人辩护的挑战;然而诗辩传统的真正形成却是在文艺复兴时代,因为其时萌生于基督教文化母腹之中的人文主义思想急于突破神学之桎梏,大力彰显以虚构为能事的文学的价值。就此而言,薄伽丘此文可谓是西德尼等人"诗辩"作品的先驱。本文开端即以拟人化的说法嘲讽了"对诗人吹毛求疵者和诋毁者",进而一一反驳他们对诗的批评意见,力证诗是"有用的艺术",是"一种热情而精致的创造"。在分析了诗歌的定义、起源和功用之后,薄伽丘着重论述了文学虚构的意义与价值,认为虚构并非无用的胡扯,而是在其看似空洞的表层下隐藏着至高的真理。在第十五章最后,作者明确宣称:异教神话诗人都是神学家,因为"在他们虚构的外衣下包藏着神圣的教义"。这个观点其实并不新鲜,前文富尔根蒂尤在《维吉尔作品的道德哲学注释》中已经做出了类似的证明,然而,薄伽丘不同于前者的激烈的、意气风发的战斗姿态才是文艺复兴时代最鲜明的标志。

本文选译自 Charles G. Osgood 的英文译本 *Boccaccio on Poetry* (Princeton: Princeton University Press, 1930)。

第十四卷(节选)

第五章　其他对诗人吹毛求疵者和诋毁者

啊,最冷静的统治者,你远远比我知道,这里有一种屋子,那是用上帝的天赋建造在这个世界上的，它形似天上的宫殿，专门为神圣的学问而建造。在它的里面，哲学坐在崇高的王位上，那是来自上帝怀抱的信使，是所有知识的女主人。她举止高雅，散发出神明的光辉。她坐在那里，身穿锦袍，头戴金冠，就像全世界的女王。她左手拿着几本书，右手握着皇帝的权杖，她用清晰而流利的语调讲述着诸如真正值得称道的人格、我们的“自然母亲”的力量、真正的善以及天堂的秘密。

假如你进去，你不会怀疑那是一个最值得全心敬仰的圣殿；假如你环顾四周，你就会清楚地看到每一个追求更高的人类心灵的机会，无论是沉思还是知识；并且当你不仅仅把它看作一个包罗万象的宝库，而几乎就是神圣心灵的映像时，你就会充满惊奇地打量它。在宝库的女主人身后，在一些格外值得尊敬的东西中，有很少几位男子坐在高处，外表优美，言谈高雅。他们庄严肃穆、诚恳而又谦逊，所以是那样引人注目，以至于你会认为他们是神，而不是人。这些人因他们女主人的信仰和教导而聚在一起，把他们所有的知识都给予了其他人。

但是也有另外一部分人——聒聒噪噪的一群人——姿态各异、千奇百怪。他们中的一些人放弃了所有自尊，唯唯诺诺地遵从他们上司的指令，希望逢迎拍马的狂热能够带来晋升。另外有些人因为有了基本的知识而欣喜异常，以至于拜倒在他们的女主人的裙下，用他们的爪子急切地撕扯一些布条，作为样本；再拿来一些他们经常以此为资本的题目；然后就吹嘘得好像他们知道了全部神圣的主题，急忙从圣殿中冲出，把这些祸源散布在无知的人当中，并且做得好像唯独智者才能了解似的。

然而这些无赖都是反对所有高级艺术的阴谋家。首先他们试图装扮成一种有德行的人;他们由本来的表情改扮成严肃和谨慎的那种。他们垂着眼帘,这表明他们无时无刻不在思考。他们慢吞吞地走路,让那些没受过教育的人以为他们是因为思考过度而步履蹒跚。他们的穿着并不显眼,这并不是因为他们真的朴素,而只是要假装圣洁。他们沉默寡言而且很严肃。假如问他们一个问题,他们就会叹一口气,停顿片刻,两眼望天,详细地屈尊作答。他们希望旁观者将从中推断出:他们说话慢吞吞,并不是因为缺乏雄辩的能力,而是因为他们被充满天堂秘密的遥远的圣殿所吸引。他们表示出虔诚、圣洁和正义,经常说出预言:"因我为你的殿心里焦急、如同火烧。"①

然后他们就会炫耀他们奇异的知识,表现出无论什么都不会谴责的样子——以造成一种善的效果。他们避免人们询问他们不知道的话题,或者认为那些东西不值一提、微不足道、显而易见,假装蔑视和冷漠,而他们却潜心于更重要的事物。当没有经验的心灵钻进他们这种圈套中的时候,他们就可以大胆地摆布了,忙于事务、给予建议、安排婚姻,他们出现在盛大的宴会上,颐指气使,指手画脚,还表现出对一个哲学家来说并不恰当的傲慢。

因此他们享有盛名,骄傲自负,目空一切,当他们外出时,他们需要每个人都关注他们,让人们不断地赞叹他们谈论的话题是最伟大的大师的声音,看到城市的广场,就想起恢宏的歌声在欢迎他们,称呼他们为"先生",奉承他们,宴请他们,聘请他们,尊敬他们。他们把所有节制弃之不顾,胆大包天,为所欲为;他们并不在乎把自己的镰刀挥向别人的收成,一边无耻地损害别人的利益,一边谈论诗

---

① [译注]大卫,《诗篇》69:9。

和诗人。在谈论这些话题时,他们会突然暴怒,以至于你可以说他们两眼冒火。他们不能自已,任由心中的怒火尽情发泄。最后,就像阴谋家对待死敌那样,在学校、广场和讲坛上,他们通常面对着一群懒散的听众,疯狂地宣泄他们对诗人的谴责,以至于旁观者担心的是这些演说者本人,而不是他们那些无关痛痒的攻击对象。

他们说诗是绝对没有任何理由的,写诗是一种无用而愚蠢的技艺;诗人是故事的贩卖者,或者再降一格,他们是撒谎者;他们生活在乡野林间,因此缺乏优雅的仪态。除此之外,他们说诗人的诗是错误的、晦涩的和淫秽的,充满了异教神祇荒诞而愚蠢的故事;诗人把朱庇特这个实际上卑猥淫亵的人写成众神之父、天堂之王、火焰、空气、人、牛、鹰诸如此类风马牛不相及的东西。用同样的方式,诗人还提高朱诺和形形色色其他事物的名望。他们一再叫嚣:诗人是心灵的勾引者,罪恶的教唆犯;为了尽可能把错误搞得更加错误,他们一有可能就宣称说诗人仿效哲学家,去读诗或者持有诗集就是罪大恶极;然后他们不由分说就利用柏拉图的权威抬高自己,比如他们说诗人应当被驱逐出门,驱逐出城邦,而缪斯,这些诗人沉默的女主人们,就像波伊提乌所说的,她们口蜜腹剑、令人讨厌,应当和诗人一道被驱逐出去,彻底抛弃。这些疯子在激动的敌意和可怕的憎恨鼓动下说出太多了,不可能一一道来。

啊,尊贵的殿下,在作出这样的判断——如此精辟、真实、公正、仁慈,又具有良好的倾向性——之前,我的作品会展现出来;我完全知道他们会像饥饿的狮子一样聚集起来,寻找可以吞噬的东西。既然我的书讨论的完全是诗学问题,我从他们那里当然找不到一个比他们对诗人大发雷霆时更温和的句子。我非常清楚,我将敞开胸膛迎接他们的憎恨射出的子弹;但是我将努力避开他们。

啊,仁慈的上帝,现在要遭遇那些疯子这种愚蠢而病态的吵嚷,并反击他们的愤怒。您,至高无上的王,当我走向他们的阵营时,请用您高贵灵魂的力量给我以支援,在我与他们的论战中请给我以帮助。现在我的心必须坚强起来,充满勇气。他们的武器尽管锐利而狠毒,但却是虚弱的。尽管它们是些愚蠢的判断,但在别的方面很有力,所以我战战兢兢地站在他们面前,除非上帝——他不会抛弃信仰他的人——和您都庇佑我。尽管我的力量单薄,心灵脆弱,但我对庇佑的期待却是坚定的;拥有了这样的希望,我将用我右手的正义去打倒它们。

第六章　诗歌是有用的艺术

我将进入一个竞技场,在此,一个侏儒要对付这样一群用权威武装起来的庞然大物:说什么诗根本不是艺术,或者是无用之物。在这种情况下,对我而言首先去讨论诗的定义和功用就是要找到野兽的老窝。既然这场战争在所难免,我希望这些往日的艺术大师能够就他们所渴望这场争论所围绕的要点发表意见。然而我清楚地知道他们仍然会带着轻蔑而无耻的表情,像从前一样毫不脸红地开口,从而暴露出他们的无能。来吧,仁慈的上帝,听听他们愚蠢的反驳,给他们指一条明路吧。

出于对诗的蔑视,他们说它是幼稚的。假如这是事实的话,我想知道,为什么世世代代有那么多伟大人物追求着诗人之名,那么多的诗卷从何而来?假如诗歌一无是处,那么又何来诗歌一词?我想,无论他们如何回答,他们都会误入歧途,因为他们不能给出一个与他们当前无用的论点直接相反的合理的答案。诗就像其他学问一样来自上帝,来自所有智慧的创造者,这正如我后来提到的,①绝对如此;它像其他东西一样是因效果而得名的。"诗人"的荣称来自"诗歌"(poetry)一词;而"诗"(poem)则来自"诗人"。在这种情况下,诗显然不像他们所说的那样全然无用。

那么,假如它被证明是一门科学,这些聒噪的诡辩家们还有什么可说的呢?我想他们会收敛一点,或者轻轻掠过他们论点中的那个破绽,提出第二种反对意见,即认为如果诗确是一种艺术,那它也是无用的。多么讨厌!多么愚蠢!他们最好保持沉默,而不是用轻浮的言辞把自己推向更加错误的境地。为什么这些傻瓜看不到"技艺"和"能力"的确切意义总是暗示着某种完满呢?但是也有其他。刚才我希望这些成就斐然的绅士们能够指出:当诗凭着上帝的恩典孕育出如此众多的传世之作,如此众多的不朽诗篇时,我们怎么还能够合理地说它是无用的呢?假如他们能够按捺住讲废话的渴望,我想他们对此应该保持沉默。

保持沉默,这是我说的吗?为什么他们宁愿去死也不愿默默地承认真理,不用他们的舌头再说什么呢?他们将以武断的解释抛出另外一种论点,会稍加补充说:诗必须被认为是无用和空洞的事物,令人生厌,应受诅咒,因为从诗中来的诗篇咏唱人们所崇拜的众神的丑行,而且欺骗读者行恶。尽管这个解释很容易反驳——因为充斥着恶行的东西不可能是空洞无物的——不管怎样,它可能来自一种平和的心态;不仅如此,他们建立在这个基础上的论点也可能有充分的理由,因为我得承认,的确有他们所描述的这样的诗人存在,并且如果这种坏的诗人败坏了好诗人的名声,那么他们就得胜了。

---

① [译注]第十四章第八节。

但是,我要反对这种说法:假如普拉克西特里斯和菲迪亚斯这两位艺术家选择普里阿旺斯趁黑夜去找伊俄勒的下流主题,[①]而不是闪着圣洁光辉的戴安娜,或者假如阿佩莱斯,或者我们自己的乔托——阿佩莱斯在他自己的时代还没有超过他——去描述马耳斯怀里的维纳斯,[②]而不是对众神执行法令的朱庇特,我们会因此谴责这些艺术吗? 我会说,这是多么愚蠢!

这种德行的败坏存在于艺术家放纵的心灵当中。长久以来一直有这样的“诗人”——假如他们还配得上这个名字的话——他们为了追求钱财或名誉而去赶时髦,激发放纵的趣味,并且不惜牺牲自尊并丢掉全部荣誉,让自己沉沦于这种愚蠢的文学当中。他们的作品当然应当受到谴责、憎恨和弃绝,这一点我在后面要提到。[③]然而,如果几个胡编乱造的诗人犯了这样的错误,诗歌本身不应遭受普遍的责备,因为它通过诗人们的警戒和教诲向我们提供了如此众多的向善的诱因,这些诗人用精巧的言辞和风格,用高贵的理智和极端的真诚表达出他们所关心的人类关于天堂事物的思想。

但是这已经足够了! 诗歌不仅不是多余的,它还是一门值得尊重的科学;就像在此之前和接下来的篇章中经常表现出来的那样,它是一种艺术或技艺,并不是空洞的,对于那些通过虚构用心灵征服感官的人而言,它充满了自然活力的生机。因此,我要不厌其烦地说,在论战的第一回合,这些领头人已经败北,我稍加用劲,他们就逃离了竞技场。我当前的任务是给诗下定义,好让他们亲自看

---

① [译注]没有这样的故事。薄伽丘指的可能是奥维德关于普里阿旺斯和萝悌斯的下流故事。fasti,I,415 - 440.

② [译注]参见荷马《奥德赛》第八章第 266 - 366 节。

③ [译注]第十四章第 19 节。

到,认为诗是空洞的艺术这个观点是多么愚蠢。

第七章 诗的定义、起源和功用

被无知小人摈弃了的诗是一种热情而精致的创造,用火热的表达方式写出或说出心灵的创造。它来自上帝的怀抱,我发现很少有灵魂自身秉有这种天赋;事实上这种天赋是那样奇异,以至于真正的诗人总是人群中的极少数者。诗的狂热就效果而言是崇高的:它迫使灵魂渴望说话;它产生出奇异的、前所未有的心灵创造;它按一定的顺序安排这些想法,并用独特的思想和语言的织体把整个文章装扮起来;因此它用美丽而合体的虚构的衣裳掩藏起真理。而且,在任何时候如果创造需要,它能够把皇帝们武装起来投入战争,能够从码头开出整个舰队,不仅如此,它还能够伪造出天空、大地和海洋,用五彩缤纷的长袍装扮年轻的姑娘,用各种各样的词语描述人类的性格;唤醒懒汉,激发愚人,限制莽夫,征服罪犯,并用恰当的赞美使杰出人士卓尔不群:这些和其他类似情况都是诗的效果。

然而,假如有人获得了诗的热情的天赋但却不能完美地行使这里所描述的功能,按照我的意见,他就不是值得称赞的诗人。因为,假如缺乏表达出诗的观念的工具——我指的是诸如语法与修辞以及丰富的相关知识之类——无论诗性的冲动怎样深深地激发着它所认同的心灵,都不大可能完成值得称道的诗篇。我承认许多人已经用他的母语写出了值得称道的作品,事实上已经完成了上面提到的各种诗的功用。然而,除了这些,他们至少还有必要知道其他自由艺术的规则,无论是道德的还是自然的,需要拥有丰富的词汇量,参考古人的丰碑和遗迹,心中记得许多民族的历史,熟悉各种陆地、海洋、河流和山脉的地理方位。

此外,风景名胜、大自然自己可爱的手笔对诗来说都是有用的,还有心灵的平静和对尘世光荣的渴望;生命中激情澎湃的阶段也经常是非常有用的。假如没有这些,创造性天才的力量经常会变得迟钝和缓慢。

既然除了用艺术写出来的东西之外,没有什么能从这种触动并照亮心灵的力量的诗的激情中产生出来,因此诗大致被称为一门艺术。“诗”这个词并不来自许多人想当然认为的 poio 和 pois,而是来自拉丁文的 fingo 和 fingis;更确切地说是来自古希腊词“poetes”,在拉丁文中的意思就是“精致的话语”(exquisita locutio)。第一批获得灵感的人开始使用精致的言说风格,比如当时未加修饰的歌曲,为他们的听众创作出前所未有的悦耳的话语,并使之世代流传下来;为了防止因过于简单而不悦耳,或者相反,因过于啰嗦而令人生厌,他们使用规范性的固定规则,以一定数目的诗脚和音节来限制它。现在他们不再用更普遍的术语 poesy,而是用 poem 称这种经过限定的言说方式。因此我们上面曾经说过,艺术的名称和它的人工产物都来自它的效果。

现在尽管我宣称诗这种科学甚至在最开始就从上帝的怀抱流向人的灵魂,但是那些开化了的吹毛求疵者也许还是会说,他们不信我说的话。对于心无偏袒的人来说,事实的不断重现就足够说明它是有效的。但是对那些蠢笨至极的人,我必须引用证据来说明这一点。如果他们读到西塞罗(他是一个哲学家而不是诗人)在元老院代表奥留斯所做的演说,①也许会更容易相信我。他说:

---

① [译注]《阿基里斯辩》18。

> 然而按照最高、最博学的权威意见,我们认为其他的艺术是科学、程式或者技巧,而诗却只依靠一种天赋的能力,它被一种纯粹的精神活动所激发,浸润于一种奇异的神圣灵感中。

不用再引申这个论点,现在对于那些贵人们来说已经足够清楚了:诗是一种实践的艺术,它来自上帝的怀抱,因效果而得名,它必须涉及许多高级而高贵的事物,它们甚至始终占据着那些否认诗的存在的人们。假如我的对手问,这种情况发生在何时及何种情境下,答案很明白,诗人应当用自己的嘴巴宣称,他们是在这样的时刻完成自己的创作的:比如当他们开始用象征的脚步迈向天堂的时候,或者使树的浓荫长得高过天上的星星的时候,或者漫步于山间到达其顶峰的时候。也许,这些人为了贬损诗这种他们还没有认识的艺术,会说它是诗人所用的一种修辞。的确,我并不否认其中有这样的成分,因为修辞也有属于自己的创造。然而,实际上在虚构的伪装中并不存在修辞成分,因为在面纱底下被精巧细致地创作并写出的东西就是诗,并且只可能是诗。

第八章　在何处诗首次照亮世界

啊,国王,假如你问在什么样的天空下,在什么时候,在谁的协助下,诗首次展露光芒,我几乎认为自己没有能力回答这个问题。有一群作者认为诗随着古人的神圣的仪式一起产生,就是说在希伯来人中,诗产生于神圣的经文开始记录他们首次向上帝献祭的时候;因为我们读到最早诞生于地球上的人类该隐和亚伯兄弟向上帝献祭;当洪水退去,诺亚从方舟中出来也是这样做的;打败了敌人后亚伯拉罕也是这样做的,他献给祭司麦基洗德酒和面包。但是因为这些说法不能给出一个满意的答案,持这种观点的作者们——我们之所以这样认为与其说是因为实证不如说是因为预言——坚持说有某种正式的话语伴随这些仪式。他们补充说,当摩西带着以色列人经过红海的时候,曾经做过一次完整的祭祀,因为我们读到他设立了仪式、牧师和像庙一样的帐篷,任命祈祷者抚慰上帝的意愿。这样看来诗在希伯来人中的起源不会比以色列人的王摩西更早。

第二类作家把创造诗的荣耀赋予巴比伦人。在这些人当中,那个威尼斯人,波佐罗主教,喜欢用戏谑的方式详细论证说,诗歌远远比摩西更为古老,它大约产生于宁录(Nimrod)的时代。他说宁录是偶像崇拜的奠基人,因为当他看到火对人类有用,看到他能够在某种程度上从火的各种运动和声音中预测未来时,他就断言火就是上帝,因此他不仅用崇拜火取代了崇拜上帝,并劝说迦勒底人也这样做,而且建造了神庙,任命了祭司,创作了祈祷文。现在,据那位威尼斯人说,这些祈祷文表明他使用的是正规和雅致的言辞。可能是这样,但是他从来没有清楚地显示出他上述观点的权威性。然而,我更常读到这样的观点:宗教崇拜,哲学研究和战争的荣耀其根源都在亚述人那里。但是如果没有更加令人信服的证据,我难以轻易相信:像诗这样如此崇高的艺术最早会产生于那么野蛮的人当中。

希腊人也认为诗从他们那里产生出来,莱昂提乌斯(Leontius)竭尽全力支持这个论点。我想起我著名的老师曾经说,在原始的希腊人那里诗是这样起源的:在他们还处于野蛮阶段的时候,他们中的一些人作为智力超群者开始对他们“自然母亲”的作品感到惊奇;当他们沉思的时候他们逐渐相信有某个第一存在,它的操作与指令管理着所有可见事物并赋予他们以秩序。他们把他叫作

“神”。考虑到他经常光顾地球并被视为神圣者,他们斥巨资为他建造了房屋,以便在他光临时有献给他的名的居所。这就是我们现在所说的神庙。为了讨好他，他们又设计出了在一定季节进行的特殊纪念活动来献给他,叫作仪式。最后,由于他们相信他居于其他众神之上,因而对他的纪念也应如此,所以,他们为他的纪念仪式制作了银桌、样式别致的金质酒杯以及其他需用的器皿。他们还从人群中挑出最聪明、最优雅的一些人来——后来称他们为祭司——主持庆祝仪式。他们身着与众不同的法衣出现,戴着冠状头饰,手持权杖,昂贵的袍子使他们显得光芒四射。

既然祭司在为神灵举行的仪式上完全沉默是不可理喻的,他们就专门创作了特定的话语来表达赞美,创作了神灵自己的伟大作品,传达人们的祈求,并向他表达人们出于各种各样的需要的祈祷。既然像一个农夫,下属或者熟悉的朋友那样与神交往都是不合适的,他们中的聪明人就想要一种雅致而艺术的言谈方式,他们把这个任务交给了祭司。他们中一些人——尽管为数不多——穆萨乌斯、利努斯和俄耳甫斯被认为在神圣心灵的突然激发下发明了有着规则和方法的陌生的歌曲,用以赞美上帝。为了增强这些颂歌的权威性,他们用言辞作为屏障把神圣事物非常神秘的地方包裹起来,意图表明这些事物可敬的威严不应该成为普通知识所关注的对象并因而遭受歧视。那么,既然这样发明的艺术是奇异而全新的,就像我曾经说过的那样,他们依其结果为它命名,称它为诗或者 poetes,就是拉丁文中的“精美的话语”(exquisita locuti);那些创作这些颂歌的人也被称为诗人。因为这个名字受惠于产生效果,我们相信诗的音乐性和所有其他的东西都是从希腊人那里产生出来的。

但是诗产生的时期却颇有争议。比如莱昂提乌斯曾说过,他曾经听他的老师卡拉布里亚的巴拉姆和其他研究这个问题的学术权威不止一次地把这个日期定在甫洛纽斯(Phoroneus)时代,他是阿尔戈国王,在创世第3385年登上皇位。他们也提到了我前面说过的诗的发明者之一穆萨乌斯,说他是希腊人中的佼佼者,并说利努斯在大约相同的时代享有盛名,他们的名望即使在我们今天仍然伟大,这有他们主持古人的祭祀仪式为证。俄耳甫斯也应当列入其中。他们都被认为是最早的神学家。

但是佩鲁贾(Perugia)的保罗曾经依据同样的古代权威推断,诗的产生要更早一些。他宣称俄耳甫斯(据记载他是最早的诗人之一)在特洛伊国王拉俄墨冬(Laomedon)统治时期享有盛名,那时欧律斯透斯(Eurystheus)统治着迈锡尼,大约是创世的第3910年,他说此人是阿尔戈(Argonauts)的俄耳甫斯,是穆萨乌斯的继承人,也是他的老师尤摩尔浦斯(Eumolpus)的儿子。至少,这是他的《自由时代》中尤西比乌(Eusebius)的证词。上面所引的是保罗论述诗的产生在希腊人当中要比在他们的对手中更加晚近时所持的观点。然而莱昂提乌斯的回答坚持认为,博学的希腊人认为叫俄耳甫斯和穆萨乌斯的人有好几个,但是古代的俄耳甫斯是古代穆萨乌斯和利努斯的希腊同时代人,而被称为色雷司人的那一位更为年轻。的确,更年轻的俄耳甫斯创造了酒神祭祀和酒神女祭司的夜晚聚会,在古代人的祭典中进行了许多创新,特别是他富有雄辩的力量——所有这些都为他在他的时代里赢得了极高的荣誉——因此他被后人认为是那位最伟大的俄耳甫斯。也许这是正确的观点,特别是因为有些古代人证实在克里特·朱庇特诞生前就有诗人,并且从尤西比乌那里知道,色雷司人俄耳甫斯在朱庇特强占欧罗巴之后久负盛名。

因为学者们意见存在分歧,我又不能在古代作者那里发现可靠的证据来支持他们的理论,所以我也不知道应该听从谁。假如要听从莱昂提乌斯,从所有论述来看至少这一点是明显的:诗在希腊人那里产生出来的时间比希伯来人要早;假如听从维尼提安(Venetian),那么诗在迦勒底人那里产生的时间比希腊人要早;但是假如我们认为保罗的最正确,那么摩西就在巴比伦人或希腊人之前成了诗的大师。可以肯定的是,亚里士多德①——可能仅仅出于理性的驱使——断言第一批诗人就是神学家,这指的是希腊人;因此他有点赞同莱昂提乌斯的观点。

但是,我不相信这种伟大艺术的崇高效果首先是被赋予穆萨乌斯或者利努斯或者俄耳甫斯的,不管他们的时代有多古老,除非像有些人说的,摩西和穆萨乌斯是同一个人。对于野蛮的宁录人我根本不予考虑。我宁愿相信它被注入最神圣的先知们心中,是献给上帝的。因为我们读到,摩西在我称为诗的渴望的驱使下,用英雄诗体而不是散文写下的《摩西五经》的绝大部分,是对圣灵叙述的记录。以同样的方式,其他人用韵律体的文字记录了上帝伟大的作品,我们称之为"诗体的"。我认为异教诗人在他们的诗中——也许是可以理解的——对这些先知亦步亦趋;但是神圣的人们心中被圣灵充满,在它的驱使下写作,而其他的人则仅仅受心灵力量的激发,这样的作者就叫作"预言家"(seer)。在这种狂热的冲动之下,他们开始作诗。但是因为我对于诗的起源没有再多的东西可以说了,啊,光荣的国王,请依据您冷静的判断任选一种意见吧!

---

① [译注]亚里士多德《形而上学》第二卷第四章第十二节。当然,亚氏指的只是《神谱》作者。

第九章 创作是有用的,不该受诅咒

这群棒极了的牛仍然要进一步向这个结果咆哮:诗人是故事的贩卖者,或者说,他们有时因为自己的怨恨而使用较低级或者令人生厌的术语,是一群撒谎的人。毫无疑问,无知的意志把这样的诋毁当成了特别应该反对的东西。但是我指责这种做法。一些人的邪恶语言并不能损害出色者光荣的名字。然而我悲伤地看到这些怒发冲冠的谩骂者肆意辱骂无辜。如果我承认诗人是在编故事,因为他们是虚构事物的创造者,我想我就不会比使用三段论的哲学家招来更多的难堪。因为假如我说出寓言或者故事的本质,它的众多种类,以及这些"撒谎的人"使用的是哪些种类,我并不认为写作虚构事物的人就像这些绅士们所坚持的那样十恶不赦。

首先,"虚构"(fable fabula)这个词有一个体面的词根,即动词for、faris,还有 conversation [对话],意思仅仅是"一起谈话"(collocutio)。这一点可以在《路加福音》中清楚地看到,那里提到了两个使徒,他们在耶稣受难后去了以马忤斯村。"他们彼此谈论所遇到的这一切事。正谈论相问的时候,耶稣亲自就近他们,和他们同行。"①因此假如编故事是一种罪恶,那么谈话也不能例外。只有最愚蠢的人才会这么认为。除非以谈论或者交流思想为目的,否则自然不会给我们说话的能力。

但是他们可能会反驳说:自然给予我们这种天赋是为了有用,而不为无用的胡扯;虚构就是那样——一种胡扯。假如诗人仅仅是

---

① [译注]《路加福音》24:14 - 15。

为了编造一个故事,那么这种说法是足够正确的。但是我一再说明的是:虚构的意义远不是那么浅显。因此,有的作者给虚构(fabula)下了这样一个定义:虚构是一种话语形式,借用创造的伪装显示或者证明一个观点;当它表层的一面被去除后,作者的意思就清晰了。那么假如从虚构的面纱底下把意义揭示出来,虚构的作品也就不是无用的胡扯了。

我给虚构区分了四种形式:①第一种从表面上看毫无真理可言,比如说野兽或者无生命的事物的谈话。严肃而令人尊敬的古希腊人伊索就是这方面的大师;尽管在城市和乡村中这都是一种普通和流行的形式,然而亚里士多德——漫步学派首领,一个有着神圣智慧的人——在他的书中并没有对使用这一形式表现出轻蔑。

第二种有时从表面上看把虚构和真理混合在一起,比如我们谈到纺线的明亚(Minyas)的女儿们在抛弃了酒神的狂欢后就变成了蝙蝠;或者水手阿塞思特斯(Acestes)的老婆们②在密谋亵渎男孩巴克斯(Bacchus)的时候变成了鱼。这些形式从一开始就被许多古代的诗人所使用,在虚构中掩藏着神圣和人类的事务。那些遵从这些诗人的伟大创造的人们进一步提高这种形式;一些喜剧作者则滥用了它们,更多地关注如何得到放纵的公众的赞同,而不是达到诚实的态度。

第三种形式更像历史而不是虚构,著名诗人都通过各种各样的途径使用它。因为无论英雄体诗人看起来多么像在写历史——如

---

① [译注]参见马克罗比乌斯《农神节》I. 2. ,以及西塞罗《论虚构》中的部分观点。

② [译注]米尼安的女儿们阿塞斯特斯。奥维德《变形记》III. 582 - 686;IV. 31 - 45。

维吉尔对埃涅阿斯在风暴中颠簸的描写，或者荷马描写的被绑在桅杆上逃避塞壬歌声诱惑的奥德修斯——然而他们潜在的意思远远不是表面上的。较出色的喜剧诗人，比如泰伦斯和普劳图斯，也运用这种形式，但是他们除了获得诗句的字面意思外，没有什么别的意图。然而他们通过艺术描述了人类本性和言谈的多样性，同时偶尔也会给读者以教益和指导。如果他们描述的事件实际上并没有发生，但是因为它们是普通的，所以可能已出现过，或者将来某时会发生。我的对手没有必要那么神经质——基督，就是上帝，也在他的比喻中一再运用这种虚构！

第四种形式根本不包括任何真理，无论是表面的还是潜在的，因为它仅仅是老妇人的闲谈。

现在，假如我杰出的对手对第一种虚构提出谴责，那么他们也肯定把描写森林中大树聚会①选举国王的内容包括进《圣经》中去了。

假如他们对第二种虚构提出质疑，那么几乎全部的《旧约全书》都要遭到抛弃。因为《旧约全书》的写作和诗人们的写作实际上是一致的，并且在创造的方法上也相同，所以上帝不会允许他们这样做。尽管在缺乏历史的地方，没有人会关心表面的可能性，但是诗人称之为寓言和小说的，我们的神学家把它们叫作比喻。假如有比我们的对手更加公正的人，他们用一种真实的尺度一方面来考察以赛亚、以西结、但以理以及其他一些神圣作者的想象的外在文字表象，另一方面考察诗人的虚构的外在文字表象，那么他们也许会看到这个真理。假如他们能在他们的方法中发现任何真正的分

① ［译注］《士师记》9:8－15。

歧，无论是内涵还是解释，我就会承认这种谴责是正确的。

假如他们要谴责第三种形式的虚构，那就像谴责我们的救世主耶稣基督，上帝的儿子，在他道成肉身时经常使用的形式，尽管《圣经》并不称它为诗（poetry），而是称它为比喻（parable），有的人称它为说教故事（exemplum），因为它的用法和上面提到的一样。

我认为他们对第四种虚构形式的谴责根本不值一提，既然它的产生没有固定的原则，也不能通过强化任何艺术手段而巩固，或者使用逻辑推断出一个结论。这种虚构和诗人的作品绝无共同之处，尽管我推测这些反对者会认为诗和这种虚构是一样的。

现在我要问，他们是否会称圣灵或基督——确为上帝者——为撒谎的人，因为这二者因同一位上帝的智慧曾经虚构过。假如他们还明智的话，我很难这样认为。假如有时间，陛下，我将告诉他们，名字的不同不会造成对方法上认同的东西的反对。但是他们可能自己会看到：虚构，就是那个他们仅仅因其名字就加以谴责的东西，就像我们经常读到的，一直是平息被激发得勃然大怒的心灵，使之归于纯粹平和的途径。因此，当罗马平民从元老院中撤离出去的时候，梅奈纽斯（Agrippa Menenius）这个有着极大影响力的人用一个故事就把他们从圣山上召回到城里。

通过虚构，在严重危机的紧张状态中精疲力竭的伟人们的力量和精神才得以保存。这样的情况并不是古代独有，而是经常出现。人们知道，那些深深纠缠于重大事务的王子们，在以高贵而愉悦的方式处理完国家大事之后，实际上要听从自然的警告，通过召集这样一些人，用离奇的故事和谈话来更新他们疲倦的大脑，恢复消耗的体力。在某些情况下，虚构足以减轻痛苦的压力，达到抚慰的效果，就像阿普雷乌斯（Lucius Apuleius）表现的那样；他告诉我们出身高贵的卡丽丝（Charis）在成为强盗们的俘虏而陷入不幸境地时，是如何通过听一位老妇人讲述普赛克（Psyche）的迷人故事[①]而在某种程度上得以存身的。

众所周知，通过虚构，滑入惰怠的心灵可以重新达到更好和更有活力的状态。不用说像我自身这样微不足道的事情，我还曾经从特里卡里克（Tricarico）和契尔蒙提（Chiarmonti）伯爵萨瑟维里诺（Giacopo Sanseverino）那里听说，他曾经听他的父亲讲到过罗伯特，国王查理的儿子[②]——日后成为著名的耶路撒冷和西西里国王——在孩童时代非常迟钝，以至于他的老师仅仅为了教会他字母就煞费苦心。在所有的朋友几乎对他做任何事情都感到绝望时，他的老师通过最微妙的技巧，用伊索寓言故事使他的心灵迸发出学习知识的极大热情，在很短的时间里他不仅学会了意大利人熟悉的自由艺术，而且带着心灵的极大热情开始了神圣哲学内部神秘的研究。简单地说，他使自己成了一个自所罗门王以来仅见的学识超群的国王。

虚构的力量如此之大，以至于能通过外在的表象使没有学识的人感到愉悦，也能用它潜在的真理锻炼有学问的人的头脑；通过同一种阅读，这两种人都得到启发和愉悦。[③] 那么就不要让这些毁谤者用轻蔑的话来发泄他们心中的怒火，把他们的无知喷向诗人！假如他们稍有知觉的话，就让他们在试图用恶毒的言辞把别人的光辉掩去之前，先看看自己华而不实的外表吧！我祈祷，让他们知道他们的嘲讽是多么有害，只会招来女孩子们的嘲笑。让他们在做好自

① ［译注］《金驴记》IV. 21.。

② ［译注］安由的查理二世。

③ ［译注］贺拉斯《诗艺》333。

我清理后，再来净化其他人的故事，让他们牢记基督对和妇人通奸的人的戒律，①只有无罪的人才应该扔第一块石头。

第十章 认为诗人在他们虚构的表层底下并不能表达意义是一个愚蠢的观点

仅仅把自己当作权威，有些辱骂者就胆敢说，只有十足的傻子才幻想最好的诗人把意义藏在他们的故事中；而且认为他们创作诗仅仅是为了展示他们雄辩的巨大力量，展示那些故事怎样轻易地让缺乏判断力的心灵为真理而接受虚构。啊，这些人是如此不公正！啊，多么荒唐的一群傻瓜！多么丑陋！他们在试图贬低别人的时候总会无知地幻想这样就抬高了自己。除了这些人，谁敢说诗人故意让自己的创作变成无用的、空洞的，并且相信他们故事的肤浅的表象只是为了展示他们的雄辩能力？谁说真理和雄辩不能共存呢？他们肯定没有听过昆提良的话：雄辩的真正力量和愚蠢是不能共存的。这是一个伟大的演说家的观点。

但是为了和这节的主题更加切近，这个问题我要晚一点再说。那么，我们让某个人来读一下维吉尔的《牧歌》中的诗句："造化何所依？咏之叹神奇。"②在《农事诗》中还有同样的诗句："玄黄之光耀兮！萤虫慕举。"③还有，在《埃涅阿斯纪》中："首先要知道天与地如何紧紧相依/星空灿烂，溪流逶迤。"④

---

① ［译注］《约翰福音》8:7。

② ［译注］《德莱顿译文集》VI. 49（以下两处引文同）。

③ ［译注］IV. 322 – 23。

④ ［译注］VI. 980 – 81。

这就是诗，哲学之精华即来源于此。难道会有读者糊涂到看不出维吉尔就是一个哲学家；或者疯狂地认为具有深厚学识的作者仅仅为了展示他的雄辩才华——他的确在这方面表现出了非凡的能力——就应该把牧羊人阿里斯泰俄斯（Aristeus）引到地狱中他的母亲卡利米勒（Climene）面前，或者带着埃涅阿斯去看他地狱中的父亲？有谁能够相信他写下这样的诗句，在神话的表层面纱底下没有包含着某种意义和想法呢？

再者，想一想我们自己的诗人但丁，他经常用非凡的、巧妙的例证解开神圣神学的死结；难道会有人那样不明智地认为但丁不是一个神学家和哲学家吗？如果但丁不是，那么他描述长着翅膀和腿的狮身鹰首兽①的场景有什么意图呢？描述庄严的山顶上的战车，七根蜡烛和七个美丽的仙女，还有其他凯旋的队伍，又包含着什么意图呢？难道仅仅为了展示他创作韵文的娴熟技巧吗？

再来看另外一个例子：最杰出的基督徒，弗朗西斯·彼特拉克（Francis Petrarch），他的生活和性格我们有目共睹，具有令人称道的圣洁——凭着上帝之荣耀，他亦将长久地享有这种赞誉；不用说在他的整个时代，就是那个时代的每一时刻都没有人赢得比他更高的荣誉。有没有人头脑清醒到能够意识到他献出了所有的夜晚、所有沉思的神圣时光、年年月月、每时每刻——考虑到他的田园诗的高贵而有力，他的风格和言辞的精致之美，我们有理由这样假设——我是说，他之所以如此殚精竭虑难道仅仅为了像加卢斯那样乞求特林尼（Tyrrhenus）②的芦笛，或者为了描写潘菲努斯（Pamphilus）和密

① ［译注］但丁《炼狱篇》XXIX. 108ff。
② ［译注］彼特拉克《第四田园诗》。

托(Mitio)①的争论,为了像田园诗这样的废话吗?任何一个头脑正常的人都不会认为这些是他的最终目的;如果看看他用散文体写成的关于孤独生活的文章,或者他的《论好运之源》,就更没有人会同意上述论断,更不用提其他许多东西了。

因此所有在道德哲学的怀抱中显得清楚而神圣的东西,都用如此庄严的风格写成,以至于再也没有比这更充分、更美丽、更成熟也更神圣的对人类的教导了。我本可以引述自己的牧歌,当然我完全理解其中的意义,但是我决定不这样做,既因为我自知无法与那些最杰出的人物比肩,也因为一个人的成就最好留给他人去评价。

那么就让那些喋喋不休的人不要再胡说了,也让他们尽量克制住他们的嚣张气焰,因为没有人能否认这个判断:那些在哲学的家园中长大、由缪斯们的乳汁哺育,并在神圣学问中接受训练的伟人们把最深刻的意义隐藏在自己的诗中。不仅如此,任何一个爱唠叨的老妇人在冬天的夜晚与晚辈们围坐在火炉边编的鬼故事——其中大部分都纯属捏造——也不会全无意义,尽管就她有限的心灵而言,她不会在她故事表面之下感觉到某种意义——这些故事有时无疑是荒诞不经的,但她却试图用它们来吓唬小孩,逗年轻姑娘和老人们开心,或者至少表明了天命的力量。

第十二章　诗的含混不能成为谴责它的理由

那些吹毛求疵的人进一步反对说,诗往往是含混的,诗人因此要受到谴责,因为其目的就是用繁复的艺术手法表述简单的东西,

① ［译注］彼特拉克《第六田园诗》中的人物。

不顾演说家们古老的原则，即演说必须简单明了。这简直是混淆黑白！除了骗子，有谁还能对自己不能理解的东西不仅深恶痛绝，而且竭力诋毁？

我承认诗人有的时候是含混的，但这些控告者同时也能回答我的问题吗？就拿那些无耻地跻身于其中的哲学家来说，难道他们总是能够简单而清晰地追踪他们的细微思绪，就像他们的一篇演说辞应有的那样吗？假如他们说是，那就是在撒谎。不用说别的，柏拉图和亚里士多德的作品都是如此繁复难解、错综复杂，以至于从古到今，尽管有许多具有敏锐洞察力的人对之进行探索沉思，它们仍然没有获得清晰而固定的意义。

但是我为什么要提到哲学家？因为有《圣经》，而他们特别喜欢被看作释经者；尽管它来自圣灵，但是它不是也到处充斥着朦胧含混的东西吗？的确如此，尽管他们极力否认，但真理却是明摆着的。有许多证据使他们乐于向奥古斯丁①请教，这是一个非常圣洁和博学的人，拥有非凡的智力，乃致就像他自己所说的那样无师自通，除了哲学家的十类知识外还精通多种艺术。但是他并不耻于承认他不能理解《以赛亚书》的开头，看来含混不仅局限于诗。但是他们为什么不像批评诗人那样批评哲学家呢？为什么他们不说圣灵仅仅为了给他们一个充满艺术性的表象世界而把含混的言辞放入他的作品呢？好像圣灵不是宇宙崇高的创造者似的！② 假如他们并没有意识到哲学家也曾有其辩护者，那么我毫不怀疑他们会说出那些话，并且不记得亵渎圣灵应受的惩罚。③

---

① [译注]《忏悔录》IV. 16。

② [译注]《智慧篇》7:21,22。

③ [译注]《马可福音》3:29。

因此,他们就向诗人猛扑过去,因为他们看起来毫无防护,还有一个额外的理由是:没有惩罚的地方就没有罪恶感。他们应该认识到,如果完全明白的东西看起来却不清楚,那么这就是观看者的过错。对半瞎的人来说,即使太阳发出最明亮的光线,天空仍然像阴云密布。有的事情本身就是那么深奥,以至于最敏锐的人也不可能毫无困难地看到它们的深层本质。这就像太阳一样,明亮的眼睛有时在能清楚地辨明它之前就会遭到它的排斥;另一方面,有的东西尽管也许是清楚的,但是却受到艺术手法的遮蔽,以致很少有人能够通过心灵的努力去获得它们的意义。就像巨大的太阳一样,在被云彩遮蔽的时候,即使最博学的天文学家的眼睛也不能确定它确切的位置。我并不否认有的寓言诗就属于此列。

但是不能因此就说谴责它们是公正的。当然,揭开并阐明隐藏在作品中的意义并不是诗人多项职责中的一种,相反当真正庄严和值得称道的事物过分暴露时,竭力保护它们,使它们远离不相干者的纠缠,以免它们因过于落俗而贬值,这才是他们的任务。因此当诗人履行并真正做到这一职责时,他应该赢得赞扬,而不是诅咒。

所以我再次承认诗人有时是含混的,但是假如这是清醒的心灵有意为之,其意义并非不可解。因为这些吹毛求疵的人不是用人的眼睛而是用猫头鹰的眼睛看他们。可以肯定,没有人会相信诗人令人生厌地用虚构的手法掩盖事实是为了不让读者理解其潜在的意思,或者表现出更加聪明的样子;而是为了显明真理,否则就会因暴露而降低苦心努力、多方解释的东西的价值,到最后才发现它们应该更珍贵。在更高的层次上讲,这是圣灵的方法,凡有正直的心灵的人都应该毫不怀疑地相信这一点。这一观念在奥古斯丁的《上帝之城》第十一卷①就形成了。他说：

> 神之言的含混确乎具有一种优点，它导致了许多真理意见的提出和讨论，每个读者都从中看到了一些新鲜的意义。

除此之外他还提到了《诗篇》第126节：

> 也许正因为此言语需要十分含混的表达，可以唤起许多种理解，人们也可以超越富有者，因为他们发现许多关闭者能够通过多种途径敞开，而不是只有一种打开并发现他们的方法。

为了进一步使用奥古斯丁的证明（它们和这些顽固不化者截然相反），为了向他们表明我是怎样把他关于对待《圣经》之含混的正确态度的建议应用到诗的含混上，我将引用他对于《诗篇》第146节的评论："其中没有一点矛盾：存在一点含混不是拒绝理解，而是锻炼你将来去接受它。"

圣人就此观点的证言已经足够了，我不想再劳烦我的对手们，逼他们像奥古斯丁认识《圣经》的含混那样去认识诗的含混。我只希望他们收敛一点，公正地想一想：假如各个民族都知晓的神圣文学是这样的，进而言之，为少数人知晓的诗歌的情况是否也如此。

假如在谴责文章的难读时，他们碰巧真正所指是其措辞色彩、修辞意象和因用了生僻的词汇而使他们不能理解的美，假如他们因此谴责诗的含混——我给他们的唯一建议是回到语法学校去，知难而上，研究和学习古代权威要求诗人做的事，特别要关注超过日常使用范围的生僻字眼。

---

① ［译注］第十九章。

但是为什么要如此长时间地滞留在这个主题呢？我本可以用一句话迫使他们放弃旧观念，转而认可新的高贵的观点，那样那些现在在他们看来含混的东西就会变得熟悉而清晰了。让他们不要去相信古代演说家的教条而暴露他们心灵中的混乱，因为我肯定诗人会很小心避免那样做。但是也要让他们知道：在词语的安排上演说和虚构非常不同。因为虚构需依赖于创作者的谨慎，是不同于演说术的另一种艺术的合法产物。

> 就像弗朗西斯·彼特拉克在《痛斥》第三卷所说的那样，他和我的对手的观点截然相反，最重要的是在诗的叙述中，诗人保有庄严的风格和相应的尊严，这种庄严和尊严并不是为了给那些想理解它的人设置障碍，反而是在布置一项愉快的任务，想办法增强读者的愉悦，加固他们的记忆。

彼特拉克继续说："对我们来说，辛苦得到并小心保存的东西总是更可爱的。"最后，假如他们的心灵迟钝，就让他们不要责怪诗人，而应该责怪自己的懒惰。让他们不要总是冲着那些生活和行动与他们截然相反的人愚蠢地吼叫。而且在他们刚刚露出攻击的苗头时，就要告诉他们不要白费心机。在还没有绞尽脑汁、招致厌恶之前，让他们找一个最恰当的时间休息吧。

但是我要向那些欣赏诗的人重复我的意见，解开它的难解之处，你们必须要阅读，必须坚持不懈，必须通宵达旦，必须善于提问，必须尽你们的心灵最大的努力。假如用一种方法不能达到理想的意义就换另外一种，假如出现了障碍就再换一种，一直到你们的力量发挥出来，你们会发现开始黑暗的东西变清晰了。因为神圣的命令不许我们把神圣的东西交给狗，或把珍珠扔到猪的面前。

第二十二章　作者告示诗的敌人，希望他们更新观念

啊，明智的人们，现在你们要平息你们的愤慨，安抚你们受伤的心灵。我们的争论也许太残酷了。你们一开始就用棍棒对付那些无辜的人，并诚心要消灭他们。我则站出来为他们辩护，凭着上帝的庇佑和事实本身的优势，尽我所能把那些应受赞美的人从他们的死敌手中挽救出来。然而假如诗人亲自出马，公正地与你们对峙，你们就会看到，他们的力量远远超过你们和我，你们会为自己的所作所为而后悔。

但是，现在战争结束了；随着这场战争的荣耀和所费心血的，是我们已经到了这样一个阶段：胜利的热望稍趋平静，我们可能分开来各做安顿。来吧！让我们自由地在一起休息，不再劳累，因为争论的奖励已经颁发过了。对我，你们承认你们的理论无效，对你们，我也可以稍加安慰；这就留下了足够的和平空间。既然你们对挑起这场战争而感到抱歉，我毫不怀疑你们的诚意，并且这样做我们都将从中取得好处。为了证明我的诚意，我这个首先对战争厌烦的人将首先致力于恢复友善的关系，你们也许也要这样做，我请求你们用公正坦荡的心灵思考一下我下面将要以全部的仁慈和友好向你们讲的话。

绅士们，你们像我一样回想一下我曾经告诉过你们的诗的本质（你们曾经认为它是虚无），什么样的人是诗人，他们的职责和生活方式。你们曾经把他们叫作腐朽的撒谎者、道德的败坏者，认为他们十恶不赦。我也说明过缪斯的本性，你们称她为妓女，说她住在妓院中。然而你们的确应该像我所展示的那样去想一想，那样你们

就不仅不应该谴责他们,而且应该珍惜、尊重、热爱他们,研究他们的作品,从而提高自己。

年迈或者其他艺术的流行也许不会阻碍你这么做,尽力去做一位年老的王子都不会耻于努力去做的事情吧;我举一个集所有美德于一身的光辉典范,那就是著名的西西里和耶路撒冷的罗伯特王,他除了是一个国王,还是一位杰出的哲学家,一位优秀的医学教师,那个时代绝无仅有的神学家,然而他在六十六①岁时还对维吉尔持蔑视态度,像你们一样称他和其他人不过是讲故事的人,除了诗句华丽外根本没有什么价值。但是当他一听到彼特拉克揭示了维吉尔诗的隐藏意义,他被震惊了,看到并抛弃了他自己的错误;我的确听他说过他从没想过那么伟大和崇高的意义可以潜藏在那么脆弱的诗的虚构之下,就像他现在通过这位批评家的解释所看到的那样。带着极端强烈的遗憾,他开始谴责自己的判断,并感叹自己的不幸,即那么晚才认识到诗是真正的艺术。无论是对批评的害怕,还是他的年纪和风烛残年的感觉都不能阻止他彻底放弃在其他伟大的科学和艺术领域的研究,转而全身心地投入对维吉尔诗的意义的理解上。正如所发生的那样,过早去世使他的新追求终断了,但是假如可能继续的话,毫无疑问他将为诗人争得更多的荣耀,为从事这一研究的意大利人带来诸多的便利。难道你们会坚持说那在这个智慧之王的眼中被视为神圣的天赋不值得去获取吗?不可能!你们不是老虎或巨兽,它们的脑袋就像它们凶残的天性那样是不能转向更好的。

但是,假如我虔诚的期待注定要迎来失望的后果,你们憎恨的

① [译注]事实上应是六十四岁,因为他生于1278年。

火焰仍然向那些无辜的人烧去，那么无论什么时候当你们的舌头再度提起这个话题，我请求你们为了你们自己的体面回想一下我的话。凭着那也曾哺育过你们的哲学的神圣胸膛，我请求你们不要鲁莽地把怒火喷向诗人整体。如果你们有足够的理由的话，你们必须正确及时地发现他们之间的区别——比如：只能是从杂乱中带来和谐，驱散无知的阴霾，澄清理解的意义，把心灵引入正途。如果你们不想把我们所尊重的诗人——就像我所说的，他们大部分是异教徒——和名声不好的诗人混为一谈，你们就必须这样做。应该让低俗的喜剧作家感到你们愤怒的激流和雄辩的狂风，但是要答应以平和的态度对待其他人。也应宽待希伯来作家。如果不冒犯上帝本身的威严，你们就不能击败他们。我曾经引述过哲罗姆的话：他们中的有些人是通过听写圣灵之言来用诗的风格吟唱预言歌的。

基督教作家必须以同样的方法来避免伤害；因为许多使用我们自己语言的人曾经都是诗人——甚至仍然在世——他们在作品深处表达了深刻而神圣的基督教意义。众多的例子中，有一个就是我们的但丁。他确实是用自己的母语写作，并使之适应于他的艺术追求；然而在他称为《神曲》的作品中，他用高贵的手法描述了逝去的灵魂的三种情形，这和神学的神圣教义一致。

著名诗人彼特拉克在他的《牧歌集》①中用田园诗的笔调展示了真正的上帝临在受赞美者和受谴责者以及彼得船上的圣三位一体，形成了神奇的效果。像这样向狂热的质疑者透露意义的诗卷还有许多，如普鲁登提乌斯和塞丢留斯的诗就是用伪装的手法表达神圣的真理。阿拉图不仅是一个基督徒，还是罗马教廷的一位神父和

① ［译注］第六、第七田园诗。

主教,他通过把《使徒行传》改编成英雄体赋予了它诗的形式。西班牙人尤文克斯也是一个基督徒,他用人、牛、狮和鹰作为象征手段描述我们的救主、上帝的儿子基督的行为。

不用引述更多的例子了,我要说的是,假如礼貌的考虑不能引导你们宽恕我们自己国家的诗人,那也不要比我们的母亲——教会——更严厉,因为令人称赞的她不会谴责有利于诗人的行为。但是她特别以奥列金为荣。他的创作力如此旺盛,以至于他的心灵仿佛永不疲倦;他的手永不劳累,以至于他论述各种主题的论文数量被认为有上千种。但是教会就像一位聪明的女子,能够从荆棘丛中采摘花朵而不被划破手指。所以她抛弃了奥列金不值得信任的东西,而将其有价值的部分保留下来作为她的财富。仔细地甄别,以正确的标准衡量诗人所说的话,把那些有悖神圣的东西抛开。

从不谴责优秀的东西,就像你们突然冲着诗人变脸,大喊大叫,希望让一个无知的庸众觉得你们是奥古斯丁或哲罗姆(Jeromes)。他们的智慧和正义相当,他们没有把矛头对准诗人,或者诗的艺术,而是对准包含在诗中的异教徒的错误。对此他们表现出无畏而直言不讳的谴责,因为那时天主教的真理正处于各种各样敌人的围攻之中。同时,他们珍爱它们,并意识到在这些作品中有如此多艺术的、优雅的东西,如此多智慧的调味剂和巧妙的修饰,以至于无论谁要获得拉丁风格的优美,都显然必须从这里汲取。

最后用西塞罗请求阿基里斯的话[①]说:

---

① [译注]《阿基里斯辩》16,17。

这些研究可能耗费了我们人类的力量，并在晚年给我们带来娱乐；它们为繁荣增色，逃避并抚慰痛苦；它们使人在家里感觉到愉悦，在所有的地方都得心应手。它们曾经伴随我们度过夜晚，还有我们的旅途，我们乡村的隐修。假如我们不亲自追求它们，也不能享受它们带来的快乐，我们应该在于别人那里看到它们时产生羡慕之情。

所以，诗和诗人都应该得到扶植，而不是被杜绝和抛弃；假如你们有足够的智慧意识到这一点，那就没有太多要说的了。话说回来，假如你们疯狂地固执己见，尽管我为你们感到遗憾，然而可鄙如你们，写什么也无济于事。

第十五卷（节选）

序　言

啊，最仁慈的国王，现在我已用我力所能及的方式稳定并调整好自己的小船，因为害怕她会被狂风暴雨吹得搁浅岸边，樯断桅折。我曾经及时地让乌云化作大雨和闪电降下，以此来保护她，以免她被吞没或烧毁。最后我用绳子和粗索把她牢牢拴在岩石上，以免退去的潮水把她拖下深海。但是一旦上帝发怒，所有的防护措施都是徒劳；因此我决定：我的冒险的命运要留给上帝去掌握，没有他的恩惠，无物可以存身。也许只有他能以他的仁慈保护她！

第十三章 神话的异教诗人都是神学家

有一些虔诚的信徒在读到我的这篇文章时会为神圣的热情所驱使,指控我伤害了最神圣的基督宗教;因为我宣称,异教诗人是神学家——这个词基督徒只肯赋予那些接受神圣文献教育的人。对于这些批评家我深怀敬意,期待他们提出这样的批评并因此感谢他们,因为我觉得这暗示着他们关心我的事业。但是他们草率的评论清楚地表明他们阅读的范围很狭窄。假如阅读广泛的话,他们就不应该忽视非常有名的《上帝之城》,就会在第六卷中看到奥古斯丁是如何引述博学的瓦罗的见解,认为神学有三重含义——神话的、物理的和政治的。

"神话的"来源于希腊的 mythicon,即"一个神话"。我曾经说过,这类神学适于喜剧舞台,但是因为它淫秽下流,这种文学形式在更好的诗人中间遭到唾弃。物理的神学,正如词源学所示,是自然的和道德的,一般都被认为是有用的事物,很受尊重。公民的或政治的神学有时被称为国家崇拜的神学,和公共福利相关。但是由于其古代仪式陈腐可恶,它被拥有真正的信仰和正确的上帝崇拜的人们所抛弃。

在这三者当中,物理的神学可以在伟大的诗人那里发现,因为在他们的作品中隐藏着物理的和道德的真理,其范围不仅包括伟人的事迹,还有和他们的神灵相关的东西。特别是当他们首次写作颂神的赞歌,就像我所说过的,以诗的形式表现出他们的伟大力量和行动的时候,他们甚至在原始的异教徒中间赢得了神学家的名称。

实际上,亚里士多德自己断言他们是最先思考神学的人,尽管他们不是由于真正的上帝的知识和学问而得名,但是当真正的神学家出现的时候,他们却不能丢掉这个名字,这个来源于任何神性理论的词的本然力量是如此巨大。我想,要意识到一旦合理地获得“神学家”这个称号,就不能失去,现在的神学家自称是神圣神学的教授,以区别于神话学神学家或任何其他神学家。这种区分不可能承认它暗示着对基督教之名的伤害。我们不是谈到所有有肉体和理性灵魂的必死者都是人吗?有的人可能是异教徒,有的是以色列人,有的是阿加任尼斯人,有的是基督徒,还有一些人如此道德败坏,以至于只能冠以巨兽之名而不是人。然而我们称他们为人并不会毁坏我们的救主,尽管我们知道上帝曾经确为真人。说古代诗人是神学家不会有何大碍。当然假如有人称他们为神圣的,最傻的傻瓜也能辨清愚蠢。

另一方面,就像本书提到的,有些时期的古代神学会被看成展示何谓正义与光荣。尽管在大多数这种情况下,它会被认为是生理学或者性格学而不是神学,其依据是:神话体现了与物理性自然和人相关的真理。但是假如神话创作者可以选择,旧的神学有时可以被用来为天主教真理服务。我已经在不止一个正统诗人那里看到这一点,在他们虚构的外衣中包藏着神圣的教义。不要让我的虔诚的批评家们因听到诗人有时甚至被称为神圣神学家而怫然不悦;当情况需要时,神圣神学家同样可以变成物理的神学家。如果没有其他方式,他们至少可以在通过树木选国王的寓言表达真理时,证明自己既是物理神学家又是神圣神学家。

图书在版编目（CIP）数据

欧洲中世纪诗学选译/宋旭红编译. --北京：华夏出版社有限公司，2021.12

（西方传统：经典与解释）

ISBN 978-7-5222-0148-1

Ⅰ.①欧… Ⅱ.①宋… Ⅲ. ①欧洲文学评论－中世纪 Ⅳ.①I500.6

中国版本图书馆 CIP 数据核字(2021)第 138766 号

欧洲中世纪诗学选译

编　　译　宋旭红
责任编辑　刘雨潇
责任印制　刘　洋

出版发行　华夏出版社有限公司
经　　销　新华书店
印　　装　三河市少明印务有限公司
版　　次　2021 年 12 月北京第 1 版
　　　　　2021 年 12 月北京第 1 次印刷
开　　本　880×1230　1/32
印　　张　6.75
字　　数　151 千字
定　　价　49.00 元

华夏出版社有限公司　地址:北京市东直门外香河园北里 4 号　邮编:100028
网址:www.hxph.com.cn　电话:(010)64663331(转)

西方传统：经典与解释
Classici et Commentarii
HERMES
刘小枫◎主编

古今丛编

欧洲中世纪诗学选译 宋旭红 编译
克尔凯郭尔 [美]江思图 著
货币哲学 [德]西美尔 著
孟德斯鸠的自由主义哲学 [美]潘戈 著
莫尔及其乌托邦 [德]考茨基 著
试论古今革命 [法]夏多布里昂 著
但丁：皈依的诗学 [美]弗里切罗 著
在西方的目光下 [英]康拉德 著
大学与博雅教育 董成龙 编
探究哲学与信仰 [美]郝岚 著
民主的本性 [法]马南 著
梅尔维尔的政治哲学 李小均 编/译
席勒美学的哲学背景 [美]维塞尔 著
果戈里与鬼 [俄]梅列日科夫斯基 著
自传性反思 [美]沃格林 著
黑格尔与普世秩序 [美]希克斯 等著
新的方式与制度 [美]曼斯菲尔德 著
科耶夫的新拉丁帝国 [法]科耶夫 等著
《利维坦》附录 [英]霍布斯 著
或此或彼（上、下） [丹麦]基尔克果 著
海德格尔式的现代神学 刘小枫 选编
双重束缚 [法]基拉尔 著
古今之争中的核心问题 [德]迈尔 著
论永恒的智慧 [德]苏索 著
宗教经验种种 [美]詹姆斯 著
尼采反卢梭 [美]凯斯·安塞尔-皮尔逊 著
舍勒思想评述 [美]弗林斯 著
诗与哲学之争 [美]罗森 著
神圣与世俗 [罗]伊利亚德 著
但丁的圣约书 [美]霍金斯 著

古典学丛编

赫西俄德的宇宙 [美]珍妮·施特劳斯·克莱 著
论王政 [古罗马]金嘴狄翁 著
论希罗多德 [古罗马]卢里叶 著
探究希腊人的灵魂 [美]戴维斯 著
尤利安文选 马勇 编/译
论月面 [古罗马]普鲁塔克 著
雅典谐剧与逻各斯 [美]奥里根 著
菜园哲人伊壁鸠鲁 罗晓颖 选编
《劳作与时日》笺释 吴雅凌 撰
希腊古风时期的真理大师 [法]德蒂安 著
古罗马的教育 [英]葛怀恩 著
古典学与现代性 刘小枫 编
表演文化与雅典民主政制
[英]戈尔德希尔、奥斯本 编
西方古典文献学发凡 刘小枫 编
古典语文学常谈 [德]克拉夫特 著
古希腊文学常谈 [英]多佛 等著
撒路斯特与政治史学 刘小枫 编
希罗多德的王霸之辨 吴小锋 编/译
第二代智术师 [英]安德森 著
英雄诗系笺释 [古希腊]荷马 著
统治的热望 [美]福特 著
论埃及神学与哲学 [古希腊]普鲁塔克 著
凯撒的剑与笔 李世祥 编/译
伊壁鸠鲁主义的政治哲学
[意]詹姆斯·尼古拉斯 著
修昔底德笔下的人性 [美]欧文 著
修昔底德笔下的演说 [美]斯塔特 著
古希腊政治理论 [美]格雷纳 著
神谱笺释 吴雅凌 撰
赫西俄德：神话之艺
[法]居代·德拉孔波 编
赫拉克勒斯之盾笺释 罗逍然 译笺
《埃涅阿斯纪》章义 王承教 选编
维吉尔的帝国 [美]阿德勒 著
塔西佗的政治史学 曾维术 编

古希腊诗歌丛编

古希腊早期诉歌诗人 [英]鲍勒 著

诗歌与城邦 [美]费拉格、纳吉 主编

阿尔戈英雄纪（上、下）
[古希腊]阿波罗尼俄斯 著

俄耳甫斯教祷歌 吴雅凌 编译

俄耳甫斯教辑语 吴雅凌 编译

古希腊肃剧注疏集

希腊肃剧与政治哲学 [美]阿伦斯多夫 著

古希腊礼法研究

宙斯的正义 [英]劳埃德-琼斯 著

希腊人的正义观 [英]哈夫洛克 著

廊下派集

剑桥廊下派指南 [加]英伍德 编

廊下派的苏格拉底 程志敏 徐健 选编

廊下派的神和宇宙 [墨]里卡多·萨勒斯 编

廊下派的城邦观 [英]斯科菲尔德 著

希伯莱圣经历代注疏

希腊化世界中的犹太人 [英]威廉逊 著

第一亚当和第二亚当 [德]朋霍费尔 著

新约历代经解

属灵的寓意 [古罗马]俄里根 著

基督教与古典传统

保罗与马克安 [德]文森 著

加尔文与现代政治的基础 [美]汉考克 著

无执之道 [德]文森 著

恐惧与战栗 [丹麦]基尔克果 著

托尔斯泰与陀思妥耶夫斯基
[俄]梅列日科夫斯基 著

论宗教大法官的传说 [俄]罗赞诺夫 著

海德格尔与有限性思想（重订版）
刘小枫 选编

上帝国的信息 [德]拉加茨 著

基督教理论与现代 [德]特洛尔奇 著

亚历山大的克雷芒 [意]塞尔瓦托·利拉 著

中世纪的心灵之旅 [意]圣·波纳文图拉 著

德意志古典传统丛编

《浮士德》发微 谷裕 选编

尼伯龙人 [德]黑贝尔 著

论荷尔德林 [德]沃尔夫冈·宾德尔 著

彭忒西勒亚 [德]克莱斯特 著

穆佐书简 [奥]里尔克 著

纪念苏格拉底——哈曼文选 刘新利 选编

夜颂中的革命和宗教 [德]诺瓦利斯 著

大革命与诗化小说 [德]诺瓦利斯 著

黑格尔的观念论 [美]皮平 著

浪漫派风格——施勒格尔批评文集 [德]施勒格尔 著

美国宪政与古典传统

美国1787年宪法讲疏 [美]阿纳斯塔普罗 著

启蒙研究丛编

论古今学问 [英]坦普尔 著

历史主义与民族精神 冯庆 编

浪漫的律令 [美]拜泽尔 著

现实与理性 [法]科维纲 著

论古人的智慧 [英]培根 著

托兰德与激进启蒙 刘小枫 编

图书馆里的古今之战 [英]斯威夫特 著

政治史学丛编

克服历史主义 [德]特洛尔奇 等著

胡克与英国保守主义 姚啸宇 编

古希腊传记的嬗变 [意]莫米利亚诺 著

伊丽莎白时代的世界图景 [英]蒂利亚德 著

西方古代的天下观 刘小枫 编

从普遍历史到历史主义 刘小枫 编

自然科学史与玫瑰 [法]雷比瑟 著

地缘政治学丛编

施米特的国际政治思想 [英]欧迪瑟乌斯/佩蒂托 编

克劳塞维茨之谜 [英]赫伯格-罗特 著

太平洋地缘政治学 [德]卡尔·豪斯霍弗 著

荷马注疏集

不为人知的奥德修斯 [美]诺特维克 著

模仿荷马 [美]丹尼斯·麦克唐纳 著

品达注疏集

幽暗的诱惑 [美]汉密尔顿 著

欧里庇得斯集

自由与僭越 罗峰 编译

阿里斯托芬集

《阿卡奈人》笺释 [古希腊]阿里斯托芬 著

色诺芬注疏集

居鲁士的教育 [古希腊]色诺芬 著

色诺芬的《会饮》 [古希腊]色诺芬 著

柏拉图注疏集

挑战戈尔戈 李致远 选编

论柏拉图《高尔吉亚》的统一性 [美]斯托弗 著

立法与德性——柏拉图《法义》发微 林志猛 编

柏拉图的灵魂学 [加]罗宾逊 著

柏拉图书简 彭磊 译注

克力同章句 程志敏 郑兴凤 撰

哲学的奥德赛——《王制》引论 [美]郝兰 著

爱欲与启蒙的迷醉 [美]贝尔格 著

为哲学的写作技艺一辩 [美]伯格 著

柏拉图式的迷宫——《斐多》义疏 [美]伯格 著

苏格拉底与希琵阿斯 王江涛 编译

理想国 [古希腊]柏拉图 著

谁来教育老师 刘小枫 编

立法者的神学 林志猛 编

柏拉图对话中的神 [法]薇依 著

厄庇诺米斯 [古希腊]柏拉图 著

智慧与幸福 程志敏 选编

论柏拉图对话 [德]施莱尔马赫 著

柏拉图《美诺》疏证 [美]克莱因 著

政治哲学的悖论 [美]郝岚 著

神话诗人柏拉图 张文涛 选编

阿尔喀比亚德 [古希腊]柏拉图 著

叙拉古的雅典异乡人 彭磊 选编

阿威罗伊论《王制》 [阿拉伯]阿威罗伊 著

《王制》要义 刘小枫 选编

柏拉图的《会饮》 [古希腊]柏拉图 等著

苏格拉底的申辩（修订版） [古希腊]柏拉图 著

苏格拉底与政治共同体 [美]尼柯尔斯 著

政制与美德——柏拉图《法义》疏解 [美]潘戈 著

《法义》导读 [法]卡斯代尔·布舒奇 著

论真理的本质 [德]海德格尔 著

哲人的无知 [德]费勃 著

米诺斯 [古希腊]柏拉图 著

情敌 [古希腊]柏拉图 著

亚里士多德注疏集

《诗术》译笺与通绎 陈明珠 撰

亚里士多德《政治学》中的教诲 [美]潘戈 著

品格的技艺 [美]加佛 著

亚里士多德哲学的基本概念 [德]海德格尔 著

《政治学》疏证 [意]托马斯·阿奎那 著

尼各马可伦理学义疏 [美]伯格 著

哲学之诗 [美]戴维斯 著

对亚里士多德的现象学解释 [德]海德格尔 著

城邦与自然——亚里士多德与现代性 刘小枫 编

论诗术中篇义疏 [阿拉伯]阿威罗伊 著

哲学的政治 [美]戴维斯 著

普鲁塔克集

普鲁塔克的《对比列传》 [英]达夫 著

普鲁塔克的实践伦理学 [比利时]胡芙 著

阿尔法拉比集

政治制度与政治箴言 阿尔法拉比 著

马基雅维利集

君主及其战争技艺 娄林 选编

莎士比亚绎读

莎士比亚的政治智慧 [美] 伯恩斯 著

脱节的时代 [匈]阿格尼斯·赫勒 著

莎士比亚的历史剧 [英]蒂利亚德 著

莎士比亚戏剧与政治哲学 彭磊 选编

莎士比亚的政治盛典 [美]阿鲁里斯/苏利文 编

丹麦王子与马基雅维利 罗峰 选编

洛克集

上帝、洛克与平等 [美]沃尔德伦 著

卢梭集

论哲学生活的幸福 [德]迈尔 著

致博蒙书 [法]卢梭 著

政治制度论 [法]卢梭 著

哲学的自传 [美]戴维斯 著

文学与道德杂篇 [法]卢梭 著

设计论证 [美]吉尔丁 著

卢梭的自然状态 [美]普拉特纳 等著

卢梭的榜样人生 [美]凯利 著

莱辛注疏集

汉堡剧评 [德]莱辛 著

关于悲剧的通信 [德]莱辛 著

《智者纳坦》（研究版） [德]莱辛 等著

启蒙运动的内在问题 [美]维塞尔 著

莱辛剧作七种 [德]莱辛 著

历史与启示——莱辛神学文选 [德]莱辛 著

论人类的教育 [德]莱辛 著

尼采注疏集

何为尼采的扎拉图斯特拉 [德]迈尔 著

尼采引论 [德]施特格迈尔 著

尼采与基督教 刘小枫 编

尼采眼中的苏格拉底 [美]丹豪瑟 著

动物与超人之间的绳索 [德]A.彼珀 著

施特劳斯集

苏格拉底与阿里斯托芬

论僭政（重订本） [美]施特劳斯 [法]科耶夫 著

苏格拉底问题与现代性（增订本）

犹太哲人与启蒙（增订本）

霍布斯的宗教批判

斯宾诺莎的宗教批判

门德尔松与莱辛

哲学与律法——论迈蒙尼德及其先驱

迫害与写作艺术

柏拉图式政治哲学研究

论柏拉图的《会饮》

柏拉图《法义》的论辩与情节

什么是政治哲学

古典政治理性主义的重生（重订本）

回归古典政治哲学——施特劳斯通信集

***

论源初遗忘 [美]维克利 著

政治哲学与启示宗教的挑战 [德]迈尔 著

阅读施特劳斯 [美]斯密什 著

施特劳斯与流亡政治学 [美]谢帕德 著

隐匿的对话 [德]迈尔 著

驯服欲望 [法]科耶夫 等著

施米特集

宪法专政 [美]罗斯托 著

施米特对自由主义的批判 [美]约翰·麦考米克 著

伯纳德特集

古典诗学之路（第二版） [美]伯格 编

弓与琴（重订本） [美]伯纳德特 著

神圣的罪业 [美]伯纳德特 著

布鲁姆集

巨人与侏儒（1960-1990）

人应该如何生活——柏拉图《王制》释义

爱的设计——卢梭与浪漫派

爱的戏剧——莎士比亚与自然

爱的阶梯——柏拉图的《会饮》

伊索克拉底的政治哲学

沃格林集

自传体反思录 [美]沃格林 著

朗佩特集

哲学与哲学之诗

尼采与现时代

尼采的使命

哲学如何成为苏格拉底式的

施特劳斯的持久重要性

大学素质教育读本

古典诗文绎读 西学卷·古代编（上、下）

古典诗文绎读 西学卷·现代编（上、下）

柏拉图读本（刘小枫 主编）

吕西斯 贺方婴 译

苏格拉底的申辩 程志敏 译

普罗塔戈拉 刘小枫 译

阿里斯托芬全集

财神 黄薇薇 译

周礼疑义辨证 / 陈衍 撰

《铎书》校注 / 孙尚扬 肖清和 等校注

韩愈志 / 钱基博 著

论语辑释 / 陈大齐 著

《庄子·天下篇》注疏四种 / 张丰乾 编

荀子的辩说 / 陈文洁 著

古学经子 / 王锦民 著

经学以自治 / 刘少虎 著

从公羊学论《春秋》的性质 / 阮芝生 撰

中国传统：经典与解释

Classici et Commentarii

经典与解释

刘小枫 陈少明◎主编

知圣篇 / 廖平 著

《孔丛子》训读及研究 /雷欣翰 撰

论语说义 / [清]宋翔凤 撰

周易古经注解考辨 / 李炳海 著

图象几表 / [明]方以智 编

浮山文集 / [明]方以智 著

药地炮庄 / [明]方以智 著

药地炮庄笺释·总论篇 / [明]方以智 著

青原志略 / [明]方以智 编

冬灰录 / [明]方以智 著

冬炼三时传旧火 / 邢益海 编

《毛诗》郑王比义发微 / 史应勇 著

宋人经筵诗讲义四种 / [宋]张纲 等撰

道德真经取善集 / [金]李霖 编撰

道德真经藏室纂微篇 / [宋]陈景元 撰

道德真经四子古道集解 / [金]寇才质 撰

皇清经解提要 / [清]沈豫 撰

经学通论 / [清]皮锡瑞 著

松阳讲义 / [清]陆陇其 著

起凤书院答问 / [清]姚永朴 撰

刘小枫集

共和与经纶［增订本］

城邦人的自由向往

民主与政治德性

昭告幽微

以美为鉴

古典学与古今之争［增订本］

这一代人的怕和爱［第三版］

沉重的肉身［珍藏版］

圣灵降临的叙事［增订本］

罪与欠

儒教与民族国家

拣尽寒枝

施特劳斯的路标

重启古典诗学

设计共和

现代人及其敌人

海德格尔与中国

现代性与现代中国

现代性社会理论绪论

诗化哲学［重订本］

拯救与逍遥［修订本］

走向十字架上的真

西学断章

编修［博雅读本］

凯若斯：古希腊语文读本［全二册］

古希腊语文学述要
雅努斯：古典拉丁语文读本
古典拉丁语文学述要
危微精一：政治法学原理九讲
琴瑟友之：钢琴与古典乐色十讲

译著

柏拉图四书

经典与解释辑刊

1 柏拉图的哲学戏剧
2 经典与解释的张力
3 康德与启蒙
4 荷尔德林的新神话
5 古典传统与自由教育
6 卢梭的苏格拉底主义
7 赫尔墨斯的计谋
8 苏格拉底问题
9 美德可教吗
10 马基雅维利的喜剧
11 回想托克维尔
12 阅读的德性
13 色诺芬的品味
14 政治哲学中的摩西
15 诗学解诂
16 柏拉图的真伪
17 修昔底德的春秋笔法
18 血气与政治
19 索福克勒斯与雅典启蒙
20 犹太教中的柏拉图门徒
21 莎士比亚笔下的王者
22 政治哲学中的莎士比亚
23 政治生活的限度与满足
24 雅典民主的谐剧
25 维柯与古今之争
26 霍布斯的修辞
27 埃斯库罗斯的神义论
28 施莱尔马赫的柏拉图
29 奥林匹亚的荣耀
30 笛卡尔的精灵
31 柏拉图与天人政治
32 海德格尔的政治时刻
33 荷马笔下的伦理
34 格劳秀斯与国际正义
35 西塞罗的苏格拉底
36 基尔克果的苏格拉底
37 《理想国》的内与外
38 诗艺与政治
39 律法与政治哲学
40 古今之间的但丁
41 拉伯雷与赫尔墨斯秘学
42 柏拉图与古典乐教
43 孟德斯鸠论政制衰败
44 博丹论主权
45 道伯与比较古典学
46 伊索寓言中的伦理
47 斯威夫特与启蒙
48 赫西俄德的世界
49 洛克的自然法辩难
50 斯宾格勒与西方的没落
51 地缘政治学的历史片段
52 施米特论战争与政治
53 普鲁塔克与罗马政治
54 罗马的建国叙述
55 亚历山大与西方的大一统
56 马西利乌斯的帝国
57 全球化在东亚的开端
58 弥尔顿与现代政治
59 拉采尔与政治地理学